「おまえはこれからもこうして俺に抱かれていればいいんだ」

照れくささもあって、東原はぶっきらぼうにしか振る舞えない。

(本文より)

BBN
B●BOY
NOVELS

艶悪《いろのあく》

遠野春日
イラスト／円陣闇丸

この物語はフィクションであり、実際の人物・
団体・事件等とは、いっさい関係ありません。

CONTENTS

艶悪
<small>いろのあく</small>

1

冷や酒の入った硝子《ガラス》の徳利《とっくり》を傾けながら、卓を挟んで東原《ひがしはら》の前に座る男がさりげない調子で聞いてきた。

「お疲れですか」

馴染《なじ》みの料亭の奥まった座敷で、気心の知れた相手と二人きりで酒を酌《く》み交わしている最中のことだった。

東原は八分目まで満たされた江戸切子《えどきりこ》の杯から目を上げ、男の顔を見る。

一見静謐《せいひつ》な、感情を抑えて達観したような眼差《まなざ》しとぶつかり合う。

「わかるか」

取り繕わずに東原は口元に薄笑いを浮かべて答え、二指で挟んだ杯を唇に近づけた。

喉越しのいい辛口の酒が胃の腑《ふ》に流れ落ちていく。

「このところ新宿界隈《しんじゅくかいわい》にある俺のシマで小競り合いが絶えなくてな。チンピラどもが単に粋がってるだけならそう気にかけもしねぇんだが、どうも裏で糸を引いてるやつがいるらしい。おかげでおちおちこうして酒も飲めねぇ」

「今夜やっと一息つけたってわけですか」

「まぁそういうことだ」

言いながら東原は、今度は自分が徳利を持ち、男の手元にある杯に注ぎ足す。

奸計《かんけい》、策略、根回し、駆け引き。

少しでも気を緩めればたちまち足を掬《すく》われる——東原の日常はそんな緊迫した状態の中にある。いかに神経の太い剛健な男でも、まったくストレスを感じずにはいられないだろう。

東原辰雄《たつお》は、関東一円を中心に東日本の裏社会を束ねる広域指定暴力団川口組《かわぐちぐみ》のナンバー2だ。末端まで含めると、約四万人もの構成員からなる巨大組織の若頭である。

川口組の若中《わかちゅう》・舎弟を名乗る直参の組員はおよそ百名。組長を除くそれらすべての組員は、自らの配下に数十から数千といった数の構成員を持つ親分衆でもある。現在直系の若中は二十二名いて、いずれも川口組の大幹部だ。東原もそのうちの一人で、東雲会《しののめかい》という大規模な組織を率いている。誰もが舌を巻くほど知略に長け、時代の流れを読む才能に恵まれた遣り手《やて》だと周囲に一目置かれており、東雲会は川口組の中でも特に成長著しい組織である。「東雲会の東原」といえば名を知らぬ者はないほどで、昔から組長の覚えもめでたかったのだ。

その東原が、一昨年の暮れ、並み居る大幹部の親分衆を押しのけて若頭を襲名することになった。先代の若頭が抗争の際凶弾に倒れて以来、約五年間空席だった組長に継ぐ最高幹部の地位を任されたわけである。

現川口組組長は三代目だ。初代が川口誠司《せいじ》、二代目が川口圭児《けいじ》、そして三代目の川口國充《くにみつ》と、これまで組長の座は世襲で引き継がれてきた。それだけの才覚を持った男が一門の中に次々と現れ、周囲に連なる若中たちを納得させてこられたからだ。

だが、國充は早い段階から自分の次の代は若中の中から出す心づもりをしていたようだ。組長には娘が二人と母親の違う息子が一人いるのだが、いずれも極道には向いておらず、跡目を継がせるだけの度量はないと踏んでのことだ。本人が望まないものを無理強いしたところで、組のためにはならないと考えたらしい。

血筋ではなく力量を重んじての人選となれば、当然ながら組の重鎮《じゅうちん》である幹部たちの間で様々な思惑が錯綜《さくそう》することになる。ましてや、当時三十五歳という若さだった東原が実質次の組長候補である若頭の地位に就くとあっては、黙って引き下がっていられない者がいたとしても不思議はない。

横槍や反発は日常茶飯事、どんな些細なことであろうと落ち度があればたちどころに追及し、失脚させようと手ぐすねひいている一派がいる。その急先鋒《きゅうせんぽう》が若頭補佐の一人、成田組組長の成田豪造《ごうぞう》だ。成田組は、やはり若頭補佐を務める香西組組長の香西誠美《まさみ》が率いる香西組と張るほどの大組織で、傘下には中内組《なかうちぐみ》、菊地組《きくちぐみ》、前橋組《まえばしぐみ》などの錚々《そうそう》たる顔ぶれが名を連ねている。

かねてより若頭の地位を狙っていた成田の東原に対する敵対意識は激しく、様々に仕掛けられてくる成田からの圧力や揚げ足取りは、就任以来途絶える気配がない。

「ここんとこ、やけに頭の上を飛び回るハエがうるさくってな」

東原は煩《わずら》わしげに顔を顰《しか》めてみせ、「飲めよ、遥《はるか》」と男に杯を口元まで運ばせる。

どうも、と低く言って、男は形のよい唇を繊細な細工を施した硝子の杯につけた。

伏せがちにした切れ長の目が印象深く、東原はしばしの間端整な顔に視線を据えたままでいた。

遥の凛《りん》とした所作の一つ一つが清々しい。向き合って眺めているだけで心が洗われるようだ。

久々に顔を見たいと思い、今夜急に「出てこないか」と呼び出した。遥といると心が落ち着き、新たな活力が得られそうだったからだ。

東原にじっと見られていても、遥は僅《わず》かも動じる気配を窺《うかが》わせない。

相変わらず肝が据わっていやがるぜ、と東原は小気味よく感じた。遥とは昨年、とある政治家を通じて知り合った。以来、適度な距離感を保った付き合いが続いている。今のところ東原は遥を自らの世界に引き込むつもりはなかった。遥には事業家としての生き方が向いている。業種の異なる企業を数社起こして切り盛りする商才には、敬服するばかりだ。正直、その秀《ひい》でた才能を自分のために発揮してほしいと思うこともあるが、それ以上に現在の対等な関係を気に入っている。

惚れたもんだなとつくづく感じ、東原は自然と口を緩ませた。

時折、男女を問わず強烈に興味を駆り立てられる相手と出会うことがある。

半年ほど前にもあった。

九つも年下の、まだ駆け出しといって差し支えない弁護士だ。

執行貴史《しぎょうたかふみ》——東原は新米弁護士の名を脳裡《のうり》に浮かべるときにもまた、意識せぬまま表情を柔らかくしているらしい。これまでに二度、側近の男から「なにかいいことでもありましたか」という意味のことを言われたのだ。すぐにいつもの厳《いか》めしい顔に戻ってそっけなく躱《かわ》したが、柄にもない失態を犯した気持ちになり、内心当惑したものだ。

最初貴史は、東原がよく利用する西新宿のシティホテルに、勤め先である弁護士事務所からの使いとして現れた。貴史を一瞥《いちべつ》したとき、おとなしい顔をしてはいるが気丈そうな男だなというのが東原の受けた第一印象だった。貴史のほうも一目で東原をただ者ではないと悟ったらしく、見開いた瞳に畏怖《いふ》に近い動揺が走るのが見てとれた。

普段粋がっている筋ものの連中でさえ、ほとんどが東原の前では畏縮する。名乗らなくとも全身に纏《まと》いつく雰囲気に気圧されてしまうようで、やたらと視線を彷徨《さまよ》わせ、一刻も早くその場を辞したいと怯えているのがあからさまなことがままある。

おそらく貴史もそれに近い心境になっていたのだろうと思うが、負けん気の強さと職務への忠実さや律儀さといった生来の生真面目な性質が、貴史をその場に踏みとどまらせたようだ。

精一杯怯えた素振りを見せまいとするのが面白かった。

頭のてっぺんから爪先まで品定めするように不躾《ぶしつけ》な視線を向けてみても、身を強張らせたまま
どこか毅然《きぜん》としており、幾ばくかの反骨心すら抱いた様子だった。

微妙に青ざめた端麗な容貌に、ふと遥を重ね合わせたのも事実だ。どこが似ているというのではなく、同じタイプの人間だなと感じた。東原の興味をそそる、しなやかでしたたかでバネのように伸縮自在な強さと適応力を持つタイプだ。

たまたまそのとき東原は取り込み中だった。

弁護士事務所から書類を届けに来ただけの使いという以上の関心を覚えなければ、廊下で遣り取りをすませ、とっとと追い返していただろう。

だが、東原はそうしなかった。

貴史をわざわざ先客のいる部屋に「入れ」と促したのだ。

あらためて考えてみても、すでにこの瞬間から東原は貴史に何かを期待していたのだとしか思えない。胸が奇妙に昂揚《こうよう》し、熱くなってざわめくのを覚えた。愉快でもあった。先客と不愉快極まりない話をしていたことすら一瞬忘れたくらいだ。

これと見込んだ相手が予想通りの働きを見せ、東原を満足させてくれることほど爽快な気分になるときはない。

貴史は東原の一方的な期待に見事に応えた。おそらく本人も気づかないうちにだ。

東原から資産の一部を預かって事業をしていた男が失敗し、莫大な借金を抱え込んだ挙げ句銀行から担保物件の売却をちらつかされ始めた一件で、役立たずの張本人を呼びつけ脅していた最中だった。

金を返せないのなら臓器を売るか娘を売るかしてもらうしかないな、と非道なセリフを吐いた東原に、それまでしばらく傍《かたわ》らで固唾《かたず》を呑んで成り行きを静観していた貴史が、ついに黙っていられなくなった様子で口を差し挟んできた。

正直言うと、東原はあのとき心の中でほくそ笑むのを止められなかったのだ。

やはりかかったかと自分の読みに満悦すると同時に、どう片をつけるつもりか試してやろうという意地の悪い気持ちになっていた。貴史の誠実で真摯《しんし》な、そしてどこか自信を湛《たた》えた理知的な黒い瞳を見れば、そうそう失望させられそうにない予感は最初からあった。東原が一目置いている弁護士の下で働いていることも、ただの新米弁護士ではないだろうと予測した所以《ゆえん》だ。

世間の強い反発を浴びながらも本人のがんとした意志や主義から、東原たちのような人間の弁護も引き受ける白石弘毅《しらいしこうき》は、あまり弟子を取りたがらない一匹狼的性格の弁護士だ。その白石が受け入れた数少ないイソ弁の一人、それも司法修習を経て弁護士になってまだ三、四年の若手とくれば、何か気持ちを動かされた理由があったはずだと考えるのが道理だろう。

実のところ貴史は東原を素直に感心させるくらい素晴らしかった。

躊躇《ためら》いを振り捨てるようにしながら、今すぐ思いつける方法が一つだけある、と意表を突く遣り方を説明し、とりあえず四方八方丸く収められそうな案を示してみせたのだ。

最初は僅かながらも不安や恐れが滲《にじ》んでいた声や表情が、喋《しゃべ》っているうちにだんだんと消えていき、代わりに腹を括《くく》った男の潔《いさぎよ》さ、自負、絶対に自分がなんとかするのだという強い意思が表れてきた。その過程を目の当たりにするだけで東原はひどく小気味よかった。思ったとおり手応えのある男だと満足したのである。最後には、穏やかそうだった顔つきが自信に溢《あふ》れて生き生きと輝きだし、それまでどこかに隠れていた剛毅さや勝負強さ、駆け引きも厭《いと》わないいい意味でのしたたかさまで感じられた。

こいつを征服してやりたい。

東原が珍しく血を滾《たぎ》らせたのはそのときだ。

べつに女に不自由していたわけではなかったが、強烈に抱きたいと欲情した。腹の下に敷き込んで、淫らに喘がせてみたくなった。

そして実際、二人きりになった途端《とたん》に東原は貴史に筋の通らない難癖をつけ、ベッドに押さえ込んで奪ったのだ。

我ながらずいぶん横暴なことをしたものだと思う。

貴史は男に抱かれるのは初めてのようだった。

以来、この半年の間、ずっとそんな関係を続けている。

——もしかすると、今目の前にいるもう一人の男に手を出せない代償行為だろうか？

何合飲ませても涼しげな顔つきを崩さない遥を見据え、東原はふと考えた。

卓に硝子の杯を下ろした遥が切れ長の目を訝《いぶか》しそうに眇《すが》め、東原を見返す。いささか長く視線を向けすぎたようだ。

「俺が聞くことで辰雄さんの気が晴れそうなことがあれば聞きますが」

「いや。べつに今のところは間に合っている」

東原は遥の言葉だけをありがたく受け止め、さらりと躱した。

直前まで考えていたことが口に出して言えることではなかったためもあるのだが、それを抜きにしても遥によけいな気を回させるのは本意ではなかった。組内部のごたごたや、ここ一月ばかりわざとのように東雲会の縄張りを荒らしに来ては若い衆と揉め事を起こしている関西系組織の話など、遥としても不粋《ぶすい》なだけだ。せっかくならばもっと気分が明るくなる話がしたい。

「おまえさんのほうは順調なのか？」

「事業はなんとか」

どちらかというと無口な遥は、東原との会話でも短く受け答えする。ぶっきらぼうな印象があるのは否めないが、東原は気にならなかった。感じが悪いというより、不器用な男だとかえって愛おしさが増すくらいだ。

遥に対する惚れ方と、貴史に感じる欲求はたぶん似て非なるものだ。

手を伸ばせば届きそうな気はするのだが、なぜか東原は遥と一線を越えようとは思わない。正確には、越えようとするたびにブレーキがかかり、越えたくても越えられないというべきか。

おそらく遥とは今後も精神的な繋がりを強くしていくのみで、体を重ねることはないだろう。

遥には、東原ではない他の誰かが、いずれ運命的な相手として現れるのではないかという予感

がする。そうでなければ、欲しいと思ったものを東原が手をこまねいて見ているだけでいるなど、あり得ないからだ。本能的に手を出してはいけないと感じるからこそ、よけいな望みを持つことなく、こうして穏やかで心地よい付き合いが成り立っている。

それに対して貴史への感情はというと——実はまだ東原自身にも定かではない。

見込んだとおりの才覚には満足しているし、寝れば情を感じる。半年の間、東原としてはかなりの頻度で抱いてきたのだが、いまだに慣れ切らず初々《ういうい》しさと硬さを残したままなのも悪くない。強情な男だなと思い、ますます征服欲が増すばかりだ。

以前ちらりと香西が洩らしていた気持ちが、貴史を知ってから東原にも本当の意味で理解できてきた。

年のわりに精力旺盛な香西は、九年ほど前から美貌の青年を愛人として囲っており、その男に異様なくらい執着し続けているのだ。東原はその美青年を何度か見かけたことがある程度で直接話したことはない。それでも、物静かで控えめで諦観《ていかん》に満ちているようなのに、心の奥の最後の一線には誰も踏み込ませないと決めているような頑《かたく》なさ、気の強さは、十分察せられた。香西はそこがたまらないと言う。

なるほどな、と東原は貴史と一緒にいればいるほど香西の言葉を噛みしめさせられる。

もしも貴史が親の借金のカタに身売りさせられたとすれば、たぶん美青年と似たような反応をするのではないかと想像できる。香西同様、東原も執着するだろう。すでに、簡単には切り捨ててしまえないところまで来ている気もする。

せっかく遥と会っているのに、事あるごとに貴史に思いを馳せる自分自身に東原は心の内で舌打ちした。

「結婚、まだしねぇのか。ある程度事業が落ち着いたんなら、少しは考えるだろう？　だからあんな豪邸を建てたんじゃねぇのか」

遥も直三十一だ。自分のことは棚に上げ、東原は特に望んでもいないことを聞いてみる。本音を言えば遥にはまだまだ独り身でいてもらいたいところだが、ある日突然結婚すると告げられるより、先に知っておきたい気持ちがあった。

「さぁ。相手、いませんしね」

遥は自嘲《じちょう》するように薄い笑いを浮かべる。

半ば予想していた答えだったので、東原もそれ以上突っ込まなかった。

ぴったりと閉め切られていた襖《ふすま》の向こうに、人の気配がする。

東原と遥はほぼ同時に気づき、表情を引き締めた。

「失礼します」

少々狼狽《うろた》えた声が襖越しにかけられる。

「納楚《のうそ》か。入れ」

東雲会の若頭補佐を務める参謀格の男だ。

膝を突いたまま襖を開け、黒スーツに身を包んだ痩せ気味の男が緊迫した面立ちで座敷に入ってくる。髪を短く刈り込み、こめかみのあたりに特徴的な痣のある男だ。

普段はもっと落ち着いているはずの納楚の、危機感に満ちて青くなっている顔を一瞥しただけで、東原は非常事態が発生したようだとわかった。

顎をしゃくって傍らに呼び寄せる。

納楚は畏《かしこ》まりつつも俊敏な動きで東原の左に近づくと、遥に形式的に会釈《えしゃく》して東原の耳元に顔を寄せた。

「発砲事件です。先ほど事務所に一報が入りました」

「なんだと。相手はどこのやつらだ？」

視線は遥に向けたまま、東原はぐっと低めた声で聞き返す。頭の中はめまぐるしい勢いで動いていた。あらゆる可能性を考慮して、最善の対策を捻り出すべく働かす。

遥は唇を一文字に結び、冷静そのもので黙している。瞳には幾ばくかの憂いが湛えられていた。

東原につられたように納楚もさらに声を潜《ひそ》めた。

「最近新宿界隈で幅を利かせ始めた三輪組《みわぐみ》の下っ端連中のようで」

「三輪組？　樋沼連合会《ひぬまれんごうかい》傘下のか？」

「はい」

樋沼連合会というのは関西系の組織だ。三輪組は元々神戸《こうべ》を拠点に活動していたのだが、昨年末あたりから関東地区にまで勢力を伸ばしてきている。神戸出身で池袋《いけぶくろ》や新宿などで商売をしている店や企業からみかじめ代として無理やり金を取ったり、非合法な取り立てを買って出ては集めた金の一部をピンハネしたりして、着実に資金を増やしていっていると聞く。そのたびに、あちこちの古参の組との間で小競り合いが頻発していた。

「樋沼連合会自体も厄介だが、どうやら三輪組の関東進出には菊地組が裏で手を貸してるようだ。菊地組は元々大阪が本拠地だからな。そして菊地組といやぁ成田の叔父貴が抱えてるうちでも、一、二を争う有力な組だ。下手に関わるとろくなことにならねぇからくれぐれも注意しろと言っておいたはずだが、末端まで行き渡らせていなかったのか。いったい芝垣《しばがき》のやつは何してやがったんだ」

「いえ、総代。お言葉を返すようですが、これは決して若頭だけの落ち度じゃありません」

納楚が思い詰めた表情で神妙に訴え、深々と頭を下げる。

「最近使いっ走りとしてうちに出入りし始めたばかりの見習いが、三輪組のやつらに道端で言いがかりつけられて、フクロにされたんです。腕っ節は弱いが愛嬌《あいきょう》があって働き者だってんで可愛がってた兄貴分が、それを聞いてキレちまいまして。事務所から勝手にハジキを持ち出して、他の子分を連れてあっちの溜まり場に乗り込んでったんですよ。このところ三輪組の下っ端たちによるこういった一方的な暴行が頻発してまして、腹蹴られたり腕にヒビ入れられたりした連中が何人もいるんです。正直、わたしらもそろそろ堪忍袋《かんにんぶくろ》の緒が切れかかってたんで」

「それで撃ったやつは？　今警察か？」

「はい。若頭もすぐに駆けつけられました」

「殺《や》っちまったのか？」

「いいえ。弾は一人に当たりましたが、腕に貫通していて命に別状はないようです。そいつは病院で手当てを受けています」

「ヘタすりゃ事務所にガサ入れする口実を与えちまうような」

東原は唸《うな》るように言い、忌々《いまいま》しさに舌打ちした。

「遥」

片膝を立てて腰を浮かしながら東原が遥に声をかけると、遥は心得た顔つきで静かに頷いた。

「俺のことはおかまいなく」

「すまん。埋め合わせは近いうちにまたする」

すっくと立ち上がった東原につられ、納楚も中腰だった姿勢を伸ばす。

「まんまと挑発に乗りやがって……！」

「申し訳ありませんでした」

納楚が頭を低くしたまま襖を素早く開ける。

東原は三畳ほどの控えの間から廊下に出ると、灯籠《とうろう》の光で薄明るく照らし出された見事な庭園を横目に大股で歩いていった。

せっかく今夜くらいはゆっくりしようと思っていたところにこれだ。

問題は三輪組よりも菊地組、そしてさらにその上にいる成田組の成田豪造だ。警察は銃刀法違反にかこつけて東原を追及し、逮捕しようとするだろう。優秀な弁護士がいれば東原自身の逮捕は免《まぬか》れようが、東雲会に徹底した捜査の手が入るのは回避できない。成田はここぞとばかりに失態を見せた東原を糾弾し、これを機に川口組内における権力図を塗り替えようとするに違いない。東原はギリッと奥歯を噛みしめ、こんなことくらいで成田の思いどおりになってたまるかと反発心を燃やした。

これまで東原はここぞというときの勝負には必ず勝ってきた。

度胸もあるが運もいいと自分で思っている。

真っ直ぐ前方を見据えて足を運びつつ、東原は納楚に「すぐに白石にも連絡しろ」と命じた。

＊

執務机の隅にあるホルダーに置いていた携帯電話が鳴り始めた。

なんの変哲もないピリリ、ピリリ、という軽めの電子音だ。

その音を耳にした途端、貴史はギクッとしてペンを持っていた手をぶれさせ、危うく裁判所に提出する書類を書き損じそうになった。

液晶画面に出ている発信者を確かめるまでもなく、着信音から誰がかけてきているのかわかる。

出ようか出まいか——悩んだのは一瞬のことで、貴史は抗《あらが》い難《がた》く手を伸ばしていた。

「もしもし」

通話ボタンを押して応答する。

何日ぶりだろう、東原が連絡してきたのは。

たぶん、二週間ぶりだ。そろそろ飽きられ始めたか、と思いかけていた矢先だった。

『今どこにいる?』

東原は名乗りもしなければ挨拶《あいさつ》の一つもせず、唐突に聞いてきた。いちおう居場所を確かめはしていても、貴史がなんと答えようが続ける言葉はすでに決めているのが明白な、いかにも自分勝手で強引な口調だ。

「まだ事務所ですが」

貴史ができる限り感情を抑えた声で淡々と返したとき、『白石弘毅弁護士事務所』と黒い文字で書かれた両開きのガラス扉が開いた。

事務所の主である白石が少々疲れた顔をして入ってくる。昨晩から今日にかけ、依頼人の要請を受けてずっと外に出ていたのだが、ようやく戻ってこられたようだ。

聞かずとも、白石に急な呼び出しをかけたのは、この東原だろうと予測はついていた。

午後九時過ぎ、事務所の固定電話ではなく白石の携帯にかかってきた電話を受けるなり、「すぐに行く」と言って出ていった白石の深刻な顔つきに嫌な予感を覚え、もしやと思ってインターネットでニュース速報を見た。すると、新宿で発砲事件が発生したという新着記事があったのだ。詳細についてはまだ何も記されていなかったが、この一件に違いないとピンときた。白石が一も二もなく動くのは、東原絡みで厄介な事件が起きたときだと考えて、まず間違いないからだ。

どうやら東原は今度もまた警察の追及を躱し、法の手が及ぶのを回避できたらしい。

いきなり貴史にかけてきたこの電話、そしてたった今白石が事務所に戻ってきたことから、貴史はそこまで察してとりあえず安堵《あんど》した。

ふうっと溜息が出そうになるのを寸前で止める。

いったいなぜ自分は、東原などのためにいちいち気を揉んだり安心したり、一喜一憂《いっきいちゆう》したりするのか。こんな極道者、一度刑務所に入って不自由を味わうほうが本人の身のためだろう。いつまでも世の中が自分の都合のいいようにばかり回っていると思ったら大間違いだ。……そう思う一方、心の片隅では、東原が捕まらなければいい、無茶をして怪我などしなければいい、横暴でも傲慢《ごうまん》でもいいから今のままの不敵でどうしようもなく人を惹きつける男で居続けてほしいという気持ちも、確かに存在する。

自分で自分の心が摑めない。

こうして何かあるたびに迷いが生じて混乱し、どれが本当の望みなのかわからなくなり、ひたすら戸惑うはめになる。

白石に向けた視線が向こうのそれとかち合って、貴史は電話を耳に当てたまま、お疲れ様でしたの意を込めて会釈した。白石も軽く頷く。洞察力に優れた鋭い目つきが一瞬だけ眇められたようだったが、東原の声に気を取られ、深く考える余裕がなかった。

『いつもの部屋に行くから、おまえも来い』

「待ってください、そんな急に言われても……！」

『白石も、今夜はもう帰れと言うさ』

なにもかも見越したように決めつけ、東原は一方的に通話を切った。これ以上貴史に有無を言わせるつもりはないとばかりだ。

貴史は唖然《あぜん》として何も聞こえなくなった携帯電話を畳むと、相変わらず他人の都合などいっさいおかまいなしの東原に、じわじわと腹立たしさが湧いてきた。

いつもこうだ。

たとえ一ヶ月音信不通でいたとしても東原は今と同じ態度で、貴史に「久しぶりだな」の一言もかけなければ、「元気にしてたか」程度の社交辞令も発さない。

気まぐれで自分本位な、冷たい男だ。

今夜貴史と会う気になったのは、ただ苛立ってささくれた気分を解消し、さっぱりとしたいからに決まっている。貴史はそう思う。

発砲事件などが起きて警察とほぼ丸一日中やり合ったとすれば、さぞかし血を滾らせているだろう。表面的には平素と変わらず冷徹に落ち着き払って見えたとしても、内心感情を荒立たせている東原が、貴史には容易に想像できる。

それを静めるのに最も手っ取り早い方法は、誰かを抱いて蹂躙《じゅうりん》し尽くすことだ。

東原は単に、そのための恰好の相手として貴史に白羽の矢を立てただけで、他に意味はない。

だからよけいなことは何も言わないし、貴史の都合など聞きもしないのだ。わかりやすいといえば実にわかりやすい。こうも取り繕う気配を示されないと、いっそ清々しく感じられるくらいである。呆《あき》れることすらできなくなる。

今度こそ深々とした溜息が、実際に口から零《こぼ》れた。

「どうしたんだ。何かクライアントとトラブルか？」

不意に白石から声をかけられる。

ほんの僅かの間ながら、他人の存在を失念してしまっていた貴史は、ハッとして狼狽えた。

低めのパーティションで囲われたデスクの向かいに立つ白石が、探るような眼差しを貴史に注いでいる。堂々とした見栄えのする体軀《たいく》、まだ三十代半ばだが、老獪《ろうかい》さすら感じさせる目つき。その容赦なく追及するような瞳の鋭利さに、貴史はたじろぐと同時に後ろめたさでいっぱいになってしまう。

そもそも東原との始まりは、白石の使いで東原に書類を届けに行ったことがきっかけだった。

白石も熟知している男と、貴史はひそかにベッドで淫らなまねを繰り返し、不埒《ふらち》な関係を持ち続けている。半年経った今ではすっかり慣らされてしまい、悦楽を覚え込まされ、はしたなく喘いでいるのだ。もし知られたら、とうてい白石の顔をまともに見ることはできない。あれほど最初から、危険な男だから深入りはするなと暗に釘を刺されていたにもかかわらず、貴史はあっさり東原の手中に落ちてしまったのだ。それも、会ったその夜のうちにである。

「いえ、なんでもありません」

努めて平静を保ちつつ、貴史はどうにか白石の目を直視して答えた。

ここで瞳を逸《そ》らせばたちまち嘘だと見破られる。貴史は、ときに白石の慧眼《けいがん》に晒《さら》されるのが恐ろしくてたまらない。心の内を読まれ、なんでもばれてしまいそうで、落ち着きを失いそうになるのだ。白石と裁判で闘った経験のある検事や検察側の証人、さらには依頼人自身までもが、自分の心を裸にされるような白石の眼光の威力に、たじたじになった、怖かったと吐露するのも頷ける。実のところ、貴史が再来月の五日付で事務所を辞めることにしたのも、これ以上白石に黙って東原との関係を続ける度胸がないからだ。知られたところで、白石は貴史を咎《とが》めたり軽蔑したりはしないと思うが、決して歓迎されないとも承知している。インモラルさからくるバツの悪さを感じるのは当然として、それ以上に貴史は、白石を心配させたくない、万一不都合が生じたとき事務所にだけは迷惑をかけたくない気持ちが強かった。それだけ白石には可愛がってもらってきた自覚がある。

貴史がなんでもないと返事をすると、白石は心持ち長く貴史の顔を見据えてから、「そうか、ならいい」と言って窓際にある自分の執務机へと向かった。

「遅くまでご苦労だったな。今夜はきみももう帰れ」

エグゼクティブチェアを引いてどさっと体を放り出すように腰掛けながら、白石はまさに東原が予測したとおりのセリフを吐いた。

貴史は思わず立ち上がり、白石と距離を置いて向き合った。

「よ、よろしいですか……?」

少し声が上擦りがちになる。

「ああ。べつに今、至急の案件はないはずだ」

白石はくるりとチェアを回してブラインドが上げられたままの窓に顔を向けた。窓の外には華やかなネオンに彩《いろど》られた都会の夜景が広がっている。

十二階にあるこの事務所からの眺めは、いつも東原が貴史を呼び出すホテルから見るそれとよく似ていた。

そう思った瞬間、貴史の体を淫らな痺《しび》れが走り抜けた。全身に粟立《あわだ》つような感触を覚え、ぞくっとする。

「すみません、お言葉に甘えて、お先に失礼させていただきます」

貴史は声が震えないように気をつけて言い、立ったまま、机上に広げていた書類や資料、六法全書などを所定の位置に片づけ始めた。

これから東原に命令されるままホテルに出向き、さして会話らしい会話も交わすことなくベッドに押し倒されようとしている。冷静になってみれば滑稽《こっけい》だ。惨《みじ》めですらある。

最初のときと、その後二度ほどは半ば無理やりだったと言い訳できるが、そこから先は明らかに貴史自身の意思による行動だ。べつに強要されるわけでも脅されるわけでもないのに、貴史は葛藤《かっとう》しながらも結局逆らえない。東原を無視し切れないのだ。

机の引き出しに鍵をかけ、脱いでいた上着に袖を通して帰り支度をする。

「それでは先生、お疲れ様でした」

「執行」

事務所を出る間際になって、ふと白石は言い忘れていたことがあったというように貴史を引き留めた。

「はい……？」

まさかこれから東原と会うのだと気づかれたのか、と心臓がひやりとする。

白石は机に両肘を突いて顔の前で手を組み、貴史をじっと見据えてきた。

「本気なのか？」

「な、何がでしょうか」

さらに動悸が速まる。血管を流れる血の勢いが増し、うっすらと冷や汗を搔く。それでも頭の中では懸命に、冷静になれ、慌てるな、早とちりしてよけいな発言をするな、と法廷に立ったときさながらに自分に言い聞かせていた。

ふっ、と白石が唇の端を上げた。貴史の慎重さと意地の張り方に感心し、また呆れてもいるような、複雑な笑みが浮かぶ。

「ここを辞める決意は変わってないのかと聞いたんだ」

そのことか、と貴史は強張った体を緩ませた。

「はい。……すみません」

白石にはこれまで大層世話になってきた。事務所にいる他のスタッフたちともうまくやれていたと思う。このままここにいれば、有益な経験もたくさんでき、ますます研鑽《けんさん》も積めるだろう。

しかし、貴史はそれらを棒に振らなくてはならなかったとしても、気持ちの上からここに居続けることができなくなっていた。

「べつに俺に悪いと思う必要はない。ただ俺は、きみのように優秀な弁護士を手放さないといけないのが惜しいだけだ」

「ありがとう、ございます」

貴史は自分の力を買ってもらえた面映《おもは》ゆさと同時に、白石の信頼を少なからず裏切っているに違いない己に対するきまり悪さで、それだけ答えるのがやっとだった。

「どうやら、気持ちは揺らいでいないらしいな」

「……はい」

果たして本当に、まったく後悔がないかと問われると、いささか自信を持ち切れないのだが、貴史は躊躇いを払うように頷いた。

「まぁ、いい。きみの人生だ。好きにしたほうが納得いくだろう。だがまだあと一ヶ月と少しある。その間にもし迷いが生じたら、いつでもいいから遠慮なく俺に相談しろ」

「はい」

貴史は深い感謝を込めて頭を下げた。

「お疲れさん」

白石の言葉に背中を押され、事務所を後にする。

外に出ても、まだしばらく鼓動が耳まで届いていた。

こんなふうに白石に気遣われると、申し訳なくて恐縮してしまう。もう少しゆっくり考えたほうがいいのだろうか、早まりすぎてはいないだろうかと不安が込み上げる。

通りに出てすぐ、たまたま空車のタクシーを見つけたので合図して停めた。

東原の言ういつもの部屋は、新宿駅からだと徒歩で二十分強かかる。普段は歩いていくのだが、今日はなんとなくそんな気になれなかった。タクシーの中で、出がけに白石に問われたことをもう少し考えたかったのかもしれない。

今年、貴史は二十八歳だ。

弁護士としてのキャリアはまだ浅く、これまで白石の下で手がけてきたのは離婚調停や遺産相続など、民事に関する事件ばかりである。事務所を離れて独りでやっていけるかどうかは、正直言って甚《はなは》だ心許ない。東原にはすでに辞めると話してあるが、ほとんど無反応だった。べつに貴史が何をしていようと関心はないのだろう。

実際、貴史の進退と東原とはさして関係があるわけでもない。東原が弁護士として本当に必要としているのは白石で、貴史に仕事のことで直接連絡してきたことはこれまで一度もなかった。ときどき何かのついでのようにして、こんな場合おまえならどうする、などと意見らしきものを求められることがあるくらいだ。それもどこまで本気で聞いているのかわからない。

麹町《こうじまち》にある白石の事務所からホテルまで、比較的道が空いていたこともあって、十五分ほどで着いた。

すでに顔見知りになっているホテルスタッフからカードキーを受け取り、東原が年間契約しているジュニアスイートタイプの部屋に行く。

貴史を呼びつけておきながら、東原はまだ来ていなかった。それはフロントで鍵を渡された時点でわかっていたことだが、しんと静まり返った、何もかもがよそよそしいまでに整然としている部屋に入ると、貴史はやるせなさから嘆息した。

上着を脱いでクローゼットのハンガーに掛け、浴室に向かう。

東原が来る前にシャワーを浴びておくのが、すでに習慣になっている。

ガラス張りのシャワーブースで髪と体を洗い、泡に包まれた全身を熱い湯に打たせていると、不意に浴室のドアが開いて東原が入ってきた。

貴史は慌ててシャワーを止め、ぐっしょり濡れて顔面を覆うように張りついた髪を掻き分けて東原と顔を合わせた。水滴の飛び散るガラス越しに全裸を晒す格好になる。もう何度となく抱かれた体とはいえ、羞恥を覚えずにはいられなかった。

東原が「来い」と有無を言わせぬ調子で顎をしゃくる。

やはり今夜は少々虫の居所が悪そうだ。普段以上にぶっきらぼうでそっけない。貴史が無言で頷くと、ネクタイのノットに指を入れて緩めつつ、先にバスルームから出ていく。

貴史はホッと息をつき、ガラス扉を押し開けてブースを出、濡れたままの体に直接バスローブを羽織った。髪はタオルで叩くように拭き、丹念に水気を取る。

リビングは窓際にあるスタンド以外の明かりが消されていて薄暗かった。

東原は壁で仕切られた向こうの、ベッドにいるようだ。

強引に引きずられるのではなく、自らの足で東原の待つ場所まで歩いていくのは、とてつもなく心地が悪い。どこまでが自分の意思で、どこからが東原にやむなく従っているだけなのか、判断がつかなくなる。いや、そもそも、脅されているわけでもないのにここに来て、シャワーまで浴びて東原を待っていた時点で、そんな言い訳は通用しなくなっているはずだ。頭ではわかっていながら、なおも抵抗を試みてしまうとは、我ながら往生際《おうじょうぎわ》が悪すぎる。

おそらく、体だけの関係を自分も望み期待していると認めるのはプライドが傷つくから、素直

になれないのだと思う。仕方なく言いなりになっているのだと自分自身に言い聞かせることで、貴史はなんとか矜持《きょうじ》を保ち、心のバランスを取っている。

ベッドが据えられたあたりはリビングよりよほど明るく、東原は上半身だけ裸で仰向けになり、枕に頭を載せて瞼を閉じていた。

「……さっさと来ないか」

目を瞑《つむ》ったまま、東原は貴史にベッドに上がれと促す。

「よけいなものは脱いでおけ」

薄目を開けて確かめたふうでもないのに、東原には貴史がどんな姿で入ってきたのかわかるらしい。バスローブ一枚脱がせる手間も省きたいのかと、東原の横着《おうちゃく》ぶりが少し腹立たしく、あまりにも即物的な扱いを受けている気がしてせつなくなってくる。

それでも貴史は感情を殺し、腰紐を解いてバスローブを脱ぐと、ベッドに膝を突いて上がった。

東原がやっと目を開ける。

「久々だな。元気にしてたか?」

ベッドサイドの明かりが眩《まぶ》しいのか、やや眇めた目で貴史を見上げてくる。貴史は形式的に聞かれただけだろうとは思いつつ、いきなり腕を摑んで引き倒されるよりは、こんなふうに話しかけられて数段嬉しかった。いろいろ諦め、ほとんど何も求めていないので、些末《さまつ》なことにも喜びを感じられる。

「ライト、消しましょうか？」

「いい」

東原は貴史自身が部屋を暗くしたいと思っているのを見越したように意地悪く薄笑いを浮かべ、このまま事を進める。

肩を引き寄せられ、貴史は東原に被さる形になった。

東原が貴史の唇を荒々しく塞ぐ。

すぐに舌が口唇の隙間をこじ開け、入り込んでくる。

「……んっ、……う」

口の中を乱暴にまさぐられ、感じやすい部分を舌先で擽《くすぐ》ったり舐めたりして責められる。ぴちゃぴちゃと淫猥《いんわい》な水音が耳朶《じだ》を打つ。貴史はついていくのがやっとで、翻弄されるがままだ。小刻みに喘ぎながら東原の行為を必死で受け止める。

搦《から》め捕《と》られた舌を唇に挟まれて、根本から引き抜かんばかりの勢いで吸引されたときには、堪《こら》え切れずに呻《うめ》き声を上げ、東原の体の上に突っ伏してしまった。それまでどうにか震える腕で上体を支え、身を浮かせたままでいたのだが、保てなかった。

東原は自分の胸に倒れ込んできた貴史を、体勢を入れ替えてあっというまにベッドに押さえつけ、のし掛かってきた。

再び口を強く吸われる。

キスを続けながら、すでに凝《しこ》って硬くなっていた乳首を指で弄《いじ》り回される。

「あ、……っ、……あ」

押し潰すように強く摘《つま》んで捻ったかと思うと、指の腹で突起の頂上をゆるゆると撫でたり、爪を食い込ませたりして嬲《なぶ》られる。

刺激を受けるたびに貴史はビクビクと全身を引き攣《つ》らせ、あえかな声を洩らす。

東原自身もどんどん昂《たかぶ》っていくのが、下腹に押しつけられている勃起の硬さと大きさの変化から、布地越しにも如実《にょじつ》にわかった。

思いがけず腰の奥が疼《うず》く。

これで突かれて深々と抉《えぐ》られることを想像すると、恥ずかしい部分が勝手に収縮し、頭の芯まで官能的な痺れが襲う。

「欲しいか、これが？」

貴史の欲情が東原にも感じ取れたのか、東原は濡れた唇を耳元にずらすと貴史を冷やかした。

「欲しがっているのは東原さんでしょう……？」

自分の欲望は棚に上げて貴史ばかりを淫乱のように言う東原の厚かましさが癪《しゃく》に障《さわ》り、貴史は切り返した。

ふっ、と東原が愉快そうに含み笑いをする。

「相変わらず口の減らない野郎だな、おまえは」

いつまで経っても素直にならない貴史が、東原には生意気であっても手応えが感じられて面白いらしい。従順なだけの相手には飽きた、おまえくらいがちょうどいいと、以前なにかの折にちらりと口にされたことがある。べつに貴史は、東原を自分に繋ぎとめたくて無理に逆らおうとしているわけではない。元々の性格がこうなのだ。だが、最近たまに、この性格ゆえに東原の関心が失せないのだとしたら、それはそれで自分にとって幸運だったかもしれないと思うときがある。要するに、貴史の本音は東原をもうしばらく自分に引き留めておきたいということなのだろう。認めざるを得なくなる。

カチャリとベルトの金具を外す音がする。

「銜《くわ》えろ」

東原は傲岸《ごうがん》な態度で、膝立ちになったまま貴史の顔に股間を近づけた。ズボンの前を開き、すでに猛っているものを外に出し、貴史に見せつける。

東原の熱と匂いに貴史は脳髄をくらりとさせ、誘われるように逞《たくま》しい陰茎に口を寄せていた。先端を舐め、そのまま大きく開いた口中に太い棒を含み込む。

喉に当たるまで受け入れてもまだ余るそれを、貴史は最初は遠慮がちに吸ったり舐めたりしていたが、しているうちに熱が籠《こ》もってきて、大胆に唇や舌を動かしていた。

ときどき東原のつく、感じているような息が貴史を燃えさせる。もっと東原を満足させたい、心地よくしてやりたい気持ちが湧き、欲望の象徴である勃起にも愛しさを覚えるのだ。

舌先で裏筋を辿りつつ、唇を引き絞って竿全体を扱《しご》くように口を上下させる。

「……うまくなったじゃねぇか……」

東原の洩らす息に艶が混じってきた。

貴史は東原を口に頬張ったまま、ちらりと視線を上げて東原の表情を見た。

浅黒く引き締まった、一見怖そうな気迫に満ちた顔が、満悦して緩んでいる。貴史の口淫に本当に感じているのが見てとれた。しかもそれを東原は隠そうとしていない。貴史の胸はじわりと熱くなった。

男の経験は、まだ東原一人だ。東原としかしたことがない。

「もう少し喉を開いてみろ」

東原に言われ、貴史はどうすればいいのか今ひとつ戸惑いながら、東原が腰を突いてさらに深く貴史の喉を侵すのに、苦しさを堪えて受け入れる努力をした。

奥深くまで塞がれた途端、吐き気を覚えてぐふっと激しくえずく。

弾みで東原のものを口から離していた。歯を立てなかったのが幸いだ。

目からどっと涙が溢れ出る。口の中が空になったあとも、胃が痙攣《けいれん》を起こしたようになっていて治まらず、苦しさに何度も肩を揺らした。

ディープスロートをさせるのはまだ無理だと悟ると、東原はあっさり退いた。他人のことなどおかまいなしなようでいて、その実東原は決して無茶なことはさせない。最初からそうだ。貴史が東原を嫌いになれない理由の一つにはこれもあった。

貴史がシーツにまで涎《よだれ》を零しながらえずいていた間、東原はズボンを脱ぎ去り、下半身まで裸になっていた。

そして、用意していたらしい潤滑液のボトルキャップを指で押し開け、貴史の膝に手をかける。

閉じ合わせていた太股を大きく開かせられ、濡れた指で秘部をまさぐられる。

「んっ……！」

ようやく息を整えたばかりだった貴史は、新たな刺激に眉を寄せ、唇に軽く歯を立てた。

ぬるついた液が、襞《ひだ》の一本一本まで濡らそうとするかのようになすりつけられる。

きゅっと窄《すぼ》めた入り口を指が宥《なだ》め、こじ開けて、滑りのいい液体の力を借りてあっというまに押し入ってくる。

「あぁあっ」

付け根まで一息に穿《うが》たれて、貴史は甘さの混じった悲鳴を上げた。

意思とは関係なく、体が待ちかねていたように進入物を受け入れ、感触を味わうように締めつける。

「ここを犯《や》られるのがそんなに好きか」

指一本でこの有り様なのかと、貴史の貪欲さを東原がからかう。

貴史は頬を火照《ほて》らせ、首を横に倒して背けた。

感じたくない、少なくとも東原にだけは感じている素振りを見せたくない、そう思って意地を張ろうとするのだが、いつも体が先に負けてしまう。貴史も、まさか自分がこれほど堪え性がないとは思いもしていなかった。

ずっ、ずっ、と長さのある指が貴史の繊細な部分を擦り上げながら抜き差しされる。そのつど電気を流されたような感覚が走り、貴史は乱れた声を放ち続けた。

いつのまにか指が二本に増え、ローションが足されていた。

秘部を弄り回されるたび、ぐちゅり、ぐちゅぐちゅといったいやらしく湿った音がして、ますます貴史の羞恥心と興奮を煽《あお》る。

「あぁぁっ、……あ、あっ」

喘ぐ声を控えめにする余裕がなくなってきた頃、東原は二本の指を一度に抜くやいなや、今度は腰のもので貴史を突き上げた。

棍棒のように硬く張り詰めたものが、勢いよく狭い器官を押し開き、指ではとうてい届かない奥まったところまで入り込む。

覚悟していた以上の激しさで、貴史は背中を弓形に反らせてシーツから浮かし、煩悶《はんもん》した叫びを上げた。

挿入の荒々しさ自体にも息が止まりそうになったが、それより貴史を戦《おのの》かせたのは、東原の嵩《かさ》と熱さだ。まさに猛っていると表現するのが相応《ふさわ》しい様相で、貴史は東原の昂奮が見た目以上に強いことを思い知らされた。

正常位で足をM字に開く形にされた貴史の後孔を、東原は遠慮なく貪り堪能する。

貴史は休む暇もなく突き上げられて揺さぶられ、抑え切れずに悲鳴と嬌声《きょうせい》を放った。

息が上がり、小刻みに空気を吸いすぎて肺が苦しくなってくる。

頭が惑乱してしまい、何度か「やめて」「許して」と哀願した気がするが、東原は多少腰の動きを緩めはしても、それ以上の譲歩はしてくれない。貴史も本気でやめてほしかったわけではなく、単にいつもの口癖が出ただけだった。

最初から相当昂っていたはずだが、東原は普段以上に時間をかけて貴史を責め、ようやく一度極めた。

最奥に浴びせかけられた熱い大量の迸《ほとばし》りを感じ、貴史はやっと解放されるという安堵と共に、満ち足りた気分に浸っていた。貴史自身は達していないが、東原をいかせられたというだけで不思議な達成感が湧く。

だが、東原はまだ足りないようで、いったん体を離したものの、すぐに貴史を裏返して這わせ、濡れて開いたままの秘部を今度は後ろから貫いてきた。

「ひっ……！」

先ほどと変わらぬくらいにまで硬度を取り戻している猛りを深々と根本まで穿たれて、貴史は少し朦朧《もうろう》とさせていた意識を完全に取り戻した。

ぐっ、ぐっ、と力強く陰茎を抜き差しされる。

「はあぁ、あっ、……ああぁ、んっ」

乱れた声が止まらない。

東原は腕を下に潜《くぐ》らせると、股間で揺れている貴史のものを握り込み、絶妙な手つきで擦りだす。ときおり陰嚢《いんのう》まで揉んで刺激された。

「やめて……っ、いやだ、東原さんっ、やめてください！」

たまらなくなって制止を求めたが、東原は鼻で笑うだけだ。

「今度はおまえの番だ。俺より先にいってみせろ」

でなければずっとこのままだと脅され、貴史は一刻も早く解放されたくて東原の与える快感を掻き集め、上り詰めて果てようとした。

しかし、東原はまだまだ貴史の狂態を見て愉《たの》しみたいらしく、簡単にはいかせてくれない。寸前まで追い詰めては前から手を離し、後ろを抉って刺激するのも中断する。

「東原さんっ、もう……！」

何度かそれを繰り返されたあと、貴史はとうとう弱音を吐いて東原の望むとおり「いかせてください」と言葉にして哀願し、ようやく許された。

夥《おびただ》しい量の精液でシーツを濡らす。

放ってからしばらく全身の痙攣が治まらなくて動揺するほど、貴史は深い陶酔《とうすい》を味わった。

「ずっと出してなかったらしいな、貴史」

肩と頭だけシーツに突っ伏した姿勢で余韻に浸り息を荒げている貴史に、東原は憎らしくなるほどつれないセリフを吐く。

貴史は瞼を伏せたまま、聞こえなかった振りをする。

いったい東原は貴史からどんな言葉が返るのを期待しているのか。貴史には東原の気持ちがまるでわからない。他の男に抱かれてもいっこうに頓着《とんちゃく》しないぞと焚《た》きつけられている気もするが、実際そうすればしたで、誰とでも寝るのかと詰《なじ》られそうだ。口や態度で独占する素振りは見せなくても、本心はどうか定かでない。貴史も、東原に心まで奪われているから貞操を守っていると取られるのはなけなしのプライドが邪魔をする。かといって他にこんなことをする相手がいないのも事実なので、東原だけではないと見栄を張ることもできなかった。

貴史が返事をしなくても東原はかまわなかったようで、少し沈みかけていた腰を抱え直すと、止めていた抽挿《ちゅうそう》を再開させた。

「あっ、あ、……や、やめてっ……あぁっ……！」

達した直後の体は感度が増している。

後孔を突かれるだけでも辛いが、萎《な》えた茎を弄ってもう一度勃起させられるのは堪らない責めだ。苦しさと悦楽で、どうにかなってしまいそうになる。

「もう一度いけ」

東原は乱れて泣く貴史に官能を煽られたのか、熱っぽく上擦った声で言う。

抜き差しする速度も上がった。

汗で湿った肌を激しく打ち合わせつつ、首を振って許しを請う貴史の髪を手荒く梳《す》き上げては頭皮を撫で回す。

指遣いは無造作でも、愛おしまれていることは感じとれ、貴史は複雑だった。心を惑わされる。

「あぁ、東原さん……っ！」

官能の波に攫《さら》われて膝が崩れかける。

東原がすかさず貴史の腰を腕で掬い上げ、己の下腹部に強く引き寄せた。

さらに結合が深まる。

貴史は脳天を稲妻に打たれたような衝撃を受け、恥も外聞もなくひいいっと泣き叫んだ。

それでも東原は容赦しない。

一度放って余裕があるせいか、あっさりとは終わらせず執拗《しつよう》に貴史を嬲るつもりのようだ。

淫靡《いんび》な快感を次々に味わわされ、貴史はシーツに縋《すが》りついて腰を浮かせているのがやっとだった。なす術もなく翻弄される。何か他のことを考えて気を紛らわせようとしても、無理だった。

何も考えられない。

ときどき意識が遠のくようになった頃、東原は二度目を貴史の中に放ったらしく、低く呻いて動きを止めた。

抱えられていた腰を離される。

しどけなく俯せになった貴史から張りをなくした陰茎を抜くと、東原は満たされた息をついた。

貴史はそれを半ば朦朧としながら聞いていた。

バサッと裸の背中に毛布を掛けられる。

スプリングが揺れて、東原がベッドを下りたのがわかった。

起き上がれるものなら起きたかったが、全身が鉛《なまり》にでもなったかのように重く、手の指一本たりとも動かせず、諦めた。

しばらくするとバスルームからシャワーの音が聞こえ始めた。

その水音を耳にするうち、貴史は我知らず寝入っていたらしい。

携帯電話が鳴る音を聞いた気がしてハッとして起き上がってみれば、閑散とした広い部屋に一人取り残されていた。

サイドチェストに置かれた時計は午前二時を過ぎた時刻を指している。

着信音は空耳だったらしく、リビングのローテーブルに置いていた携帯電話を開いてみても、かかってきた形跡はない。

ほうっ、と溜息が出る。

いつものことだ。することをすませるなり東原が帰っていくのも、事後に虚《むな》しくやるせない気持ちに襲われるのも……。

貴史は羽織ってきたバスローブの前を重ね合わせ、寝乱れた髪を掻き上げる。

溜息をついた拍子に内股を伝い落ちてきた残滓《ざんし》がせつなさに拍車をかけ、たまらなくなった。

誰の目もないのを幸いに、嗚咽《おえつ》を洩らす。

次に呼び出されたら、もう会うのはよそう、行かないと断ろう。

一抹《いちまつ》の未練を振り切るように貴史は自分に言い聞かせた。でなければおかしくなってしまいそうだ。抱いても仕方ない想いを抱いて抜き差しならなくなる前に、さっさと見切りをつけたほうがいい。それが自分のためだ。

瞳が潤んできたせいで視界が濁る。

こんなことで泣く自分が滑稽だった。女々《めめ》しすぎて嫌になる。東原も知ったらしらけて愛想を尽かすだろう。いっそそうなってくれれば、貴史も悩まずにすんで楽になれるかもしれない。

内股を濡らす白濁の感触が不快で、貴史は一刻も早く洗い流してしまおうと浴室に行った。

バスルームには東原が使用した痕跡があちこちに窺える。キャップを開けたままのボトル、バスタブの縁に投げ出されている絞ったハンドタオル、そしてシャワーブースの前に広げられたままのバスマット。つい今し方まで確かにここにいたんだなと、生々しく感じさせられた。

バスタブに湯を溜める間にシャワーで全身の汗と汚れを洗い流す。

それから、添えてあった乾燥ハーブの芳香入浴剤入りのパックを湯に浮かべ、ゆっくりとバスタブに身を沈めた。

今夜は泊まらず帰るつもりだった。

一人で朝まで過ごしても、きっとくだらないことばかり考えてしまって寝られないだろう。

身支度を整えて部屋を出たとき、すでに午前三時を回っていた。

この時間になるとさすがにドアマンもポーターも表には待機していない。

車寄せの端に一台だけ停まっていたタクシーを見つけ、中で仮眠を取っていた運転手を窓ガラスを叩いて起こす。

「荻窪《おぎくぼ》までお願いします」

貴史は運転手に自宅のある場所を告げると、深々と背凭れに体を預け、目を閉じた。

2

川口組の幹部以上が月に一度集合する『菖蒲会《あやめかい》』は、毎回幹事が持ち回り制で、主にホテルや旅館、料亭などで開かれる。約百名の直参組長全員を集めて、これまた月に一度総本部で行われている総会とは別のものだ。

『菖蒲会』はそもそも、二代目が襲名した直後、最高幹部会の十六名、舎弟六名、その他幹部八名の計三十人が菖蒲の咲く庭が有名なとある料亭の奥座敷で催《もよお》した団結のための会合に端《たん》を発しており、以来ずっと欠かすことなく続けられている内々の集まりだ。錚々たる顔ぶれが一堂に会するため、少しでも不手際があってはならないと、当番幹事になった組の親分は神経を張り詰めさせて段取りを整える。

会合の目的は当初から変わらず、幹部たちの間の親睦を図り、川口組の発展と安泰のために今後とも団結して当たることを互いに確認し合うことにある。建前はそれでも、いずれも一癖も二癖もある兵《つわもの》揃いだ。隙あらば他の組を出し抜いて、少しでも自分のところの立場を強くしよう、組長や自分より上位の人間に取り入ろうと、目を光らせつつお互いに牽制《けんせい》し合う雰囲気は、常にそこはかとなく漂っている。

六月上旬に行われた『菖蒲会』の席上では、後半の会食に入った途端、さりげなさを装いつつも、いつ切り出そうかと機会を窺っていたかのように底意地の悪さを発揮する男がいた。

「そういやぁ、先日の樋沼連合会とのトラブルはもうきっちりと片ぁつけたんですか、若？」

出席者全員が蝶足膳《ちょうあしぜん》を前にずらりと正座して打ち揃った座敷で、乾杯がすむなり東原に対して濁声《だみごえ》で言い出したのだ。

若頭補佐の一人、成田豪造だ。

組長の右横に座した東原からすると、左手に居並ぶ男たちの先頭にいる成田と顔を合わせるためには、首をかなり横に捻らなければならない。組長の左には最高顧問が二人いて、少しずつ身を乗り出した彼らが渋い表情で東原を見る視線といやでもぶつかる。

成田は色黒の皮膚に埋まった細い目を眇め、東原の反応をじっくり見定めるかのような表情だ。年の功を笠に着た居丈高《いたけだか》な態度、無遠慮さやふてぶてしさはいつものことだが、今日はそれに明らかな悪意が加わっている。

自分より一回り半も年下で、なおかつ極道としてのキャリアも浅い東原が上座にいるのが、腹立たしくて憎らしくて仕方がないのだろう。いつかそこから引きずり下ろしてやるぞ、という腹黒い気概をひしひしと感じる。

きっかけさえあればたちどころにやり込め、東原に面目《めんぼく》をなくさせようと常々構えていたところに今回の発砲事件が起こり、成田はここぞとばかりに追及してくる。

今日の席できっとこうなるだろうと覚悟はしていたものの、さっそく噛みついてきたか、と東原は苦い気分になる。

「ありゃあ三輪組の下っ端がてめぇらだけで先走ったんだ、成田の叔父貴」

東原は落ち着き払ってさらりと躱す。

成田と真向かいに当たる右列の頭の席にいる香西組組長の香西が、ホッとしたように肩から力を抜いたのが目の隅で見てとれた。現在六名いる若頭補佐のうち、東原は香西に最も気を許し、信頼している。香西とはいろいろな面で馬が合い、やりやすい。反対に、成田とは何をするにも意見が違って相容れず、本人自身も虫が好かなかった。おそらく向こうも東原に同じようなことを感じているだろう。

「ほほう？　つまり若は、例の件は樋沼連合会とは無関係だと高を括っておいでになるわけですか」

ネチネチと成田がさらに絡んでくる。

「そいつはちっと考えが甘いんじゃないですか、若。あっちは関西系じゃあ大物の組織だ。それも武闘派揃いで知られてる。三輪組自体はしょぼいが、仲間意識の強さは並以上。やつらが報復をしにこっちに殴り込みでもかけてくりゃ、闘争にもなりかねなかったところだ」

「樋沼もそこまで馬鹿じゃない。神戸じゃろくな稼ぎがないからってんで関東まで出張《でば》っていった弱小組の三下が臑《すね》を撃たれたくらいでガタガタ言って、うちに戦争しかけてくるような無茶するとは思えねぇがな」

「はっはっはっ。相変わらず怖いもの知らずですなぁ。感心しますよ」

成田はわざとらしい嗤《わら》い声を立てる。

「しかし、事は東雲会だけの問題じゃあない。東雲会の総代が川口組の現若頭となれば、樋沼連合会は川口組そのものに貸しを与えてやったと言いかねん。そこんところの認識が、東雲会の下には少々足りてなかったんじゃあないですか。なぁ？」

そこで成田は底意地悪い顔つきで、皆の賛同を促すように周囲をぐるりと見渡した。

あちらこちらで目配せや耳打ち、しらっとした嘲笑《ちょうしょう》が交わされる。

東原には心地の悪い雰囲気が広がった。

居並ぶ重鎮たちのうち、半数近くは成田派だ。なんらかの利害関係があって成田を支持する者もいれば、単純に若手の東原が目障りだからという理由で与《くみ》する者もいる。成田はそういった親分衆の心を摑み、自分の益になるように動かすことに長けている。

若頭を襲名して一年半になるのだが、まだまだ東原に反駁心《はんばくしん》を持つ幹部は少なくない。今のところ組の統制が取れなくなるほど目に余る情勢ではないものの、そろそろなんとか収拾をつけなくては、東原を若頭に推《お》した組長の面子《メンツ》まで潰すことになる。それだけは絶対に避けねばならなかった。黙したまま東原の力量を測っている組長の信頼を裏切れようはずがない。

ちらりと横目で隣を窺うと、組長は我関せずという面持ちで、後ろに控えた妖艶な美貌の芸妓に酒を注がせている。

「もし樋沼連合会がこの一件を逆手に取って川口組に無理難題を押しつけてきたら、いったいどうなさるおつもりで？」

「そんなことにはならねぇはずだが、万一があったときには俺がオトシマエをつける。そっちに迷惑はかけねぇから心配無用だ」

「今のお言葉、きっちり守っていただけるんでしょうな？」

ここぞとばかりに成田がくどくど突っ込む。

東原は唇をきつく引き結んだまま、成田に鋭い一瞥をくれた。

腹の中で憤懣《ふんまん》が渦を巻く。

この狸《たぬき》ジジイめ。東原はギリリと歯噛みしながら胸の内で悪態をついた。実のところ、菊地組を介して三輪組を陰で糸引いているのは、他ならぬ成田ではないのか。そう問い詰めてやりたい気持ちでいっぱいだ。だが、確固たる証拠もなしに川口組の最高幹部の一人である成田に疑惑を向けるわけにはいかない。もし間違っていたと認めざるを得ない事態になれば、それこそ責任を追及されるだろう。どれほど不本意であろうと、ここは耐えるほかなかった。

「俺の言葉が信用できねぇってわけか？」

「そんなつもりじゃあないですが、事が事だけに、皆にも若のお心構えを聞かせてやったほうがいいんじゃないかと思いましてな」

成田は神妙な顔をしてしゃあしゃあと言い、東原をいざというとき抜き差しならぬところまで追い込もうとする。

負けてたまるか——！

こんなことで出し抜かれるほど俺は無能でも弱気でもない。反対に、いつか必ず成田の首根っこを押さえて牙を抜き、金輪際《こんりんざい》逆らえないようにねじ伏せてやる。

逆境に立たされれば立たされただけ血が騒ぐ。

東原は表面上は冷静そのものに取り繕ったまま、内心激しく闘志を燃やした。

成田を挑発し、神経を逆撫でするように、不敵な笑みを浮かべてみせる。

「おい、皆聞いてるか」

あくまで口調は穏やかに、腹の底から低音を響かせつつ一同に声をかける。

組長以外の全員がいっせいに東原に注目する。中にはサッと緊張し、畏まって姿勢を正す者もいた。東原の言葉にはすでにそれだけの力がある。

「先日、東雲会と三輪組の間で起きた発砲事件の絡んだ揉め事だがな、もし三輪組の上に構える樋沼連合会が難癖つけてきたとしても、組とは関わりなく俺のほうで片づける。そのつもりで静観していてくれ」

六十畳はあろうかという縦長の部屋に東原の凜然《りんぜん》とした声が通る。

紋付き袴《はかま》や三つ揃いのスーツに身を包んだ親分衆が、それぞれ相応の迫力あるオーラを纏ってずらりと居並ぶ尋常でない雰囲気の中、東原は堂々とナンバー2の威風を示した。

口出し無用、と一切合切《いっさいがっさい》突っぱねる押しの強さに、さすがの成田も呑まれたのだろう。いったいどこにそれほど自信満々に構えていられる根拠があるのかと、東原の肝の据わり具合に鼻白みつつも、咄嗟《とっさ》に反論することができずにいるようだ。この場でうっかりしたことは口にできないのは成田も同じだ。先ほどから不気味なまでに沈黙したままでいる組長の手前、後から責任を取らされるような発言をすれば自らの首を絞めることになる。

緊迫感に包まれかけた場を、「まぁ、まぁ」と和ませに出たのは、香西だ。

香西誠美は年齢や立場、他への影響力などで成田と拮抗《きっこう》している男である。一番大きな違いは、成田が反東原派なのに対し、香西は親東原派だということだ。風流を好み、仁義を重んじる昔気質《むかしかたぎ》の極道で、一見怖そうな顔をしているわりに情に厚く、筋さえ通している限り非常に面倒見がよくて頼りがいがある。香西自身、東原にある意味心酔《しんすい》して一目置いてくれているようで、必要に応じて年の功を生かしたアドバイスをくれたり、ゴルフやクルージングなどを共に楽しんだりするといった親密な関係を続けている。

「撃った当人が自首してすでに逮捕されていることだし、とりあえず今の段階でつけられる片はすべてつけてあるんだから、心配するには及ばんだろう、成田の兄さん」

「儂《わし》とてなにも若の力量を疑ってるわけじゃないぞ」

「ほう。組に火の粉がかかりはすまいかと純粋に憂えているだけだとおっしゃるんだな。結構、結構。その気持ちは我々皆一緒だ。若に至っては将来川口組を率いていく重責を担われている以上、この場の誰より強いはずだ。そうでしょう、若？」

「言うまでもないことだ」

東原はあえてそっけなく返しつつ、お膳に載った杯を持ち上げ、すっかり温んでしまった酒で口を湿らせた。

おい、と組長が斜め後ろに侍《はべ》っていた芸妓に顎を振る。豪奢《ごうしゃ》に着飾った芸妓は「あい」とにっこり笑ってお辞儀をすると、東原に近寄り、真っ白く塗られた手で徳利を傾けた。

「どうも」

東原は組長に一言礼を述べ、熱い酒で満たされた杯を呷《あお》る。

「いい飲みっぷりだな、東原。杯を出せ。儂からも注いでやる」

色羽二重《いろはぶたえ》の羽織と袴を身に着けた組長が、脇息《きょうそく》に凭れたまま自ら東原に徳利を差し出す。

「親父さん、かたじけない。ありがとうございます」

東原は臆することなく組長の酒を受け、その杯もまたぐいといっきに飲み干した。

組長が東原に声をかけ、手ずから酒まで注いだことで、怪しい雲行きは晴れ、緊張した空気が解れた。

胸を撫で下ろしたに違いない香西の顔と、うまく東原をやり込められずに悔しい思いを嚙みしめているであろう成田の顔が、わざわざ視線をくれて確かめるまでもなく容易に想像される。

組長にもったいないほど買われていることをあらためて意識し、東原は感謝すると同時に気を引き締め直した。この期待を裏切るわけにはいかないとひしひし思う。

東原に酒を注いだあと、組長は再びお気に入りの芸妓を傍《そば》に呼び戻し、おまえたちはおまえたちで勝手にやれ、というようにいつもの姿勢に返った。左隣の最高顧問と一言二言ぼそぼそ交わすのも他愛のない無駄話のようで、組長の機嫌はすこぶるいい感じだ。二重になってたるんできた短い首を酔いのせいで赤くして、さらに深く体を傾ける。組の核をなす重鎮たちとの会合の席上であっても、今回は特に言うことはないらしい。会食の前に一時間ほど定例の会議が開かれたが、そこでも各自が業績の報告をしたくらいで、滞《とどこお》る要素もなく予定より早く終わった。実際、川口組は今、これといった重大な問題を抱えているわけではない。そういう意味では確かに、先ほど成田が鬼の首を取ったように東原に迫ってきた三輪組と東雲会の間の小競り合いが、目立った事件といえばそのとおりだった。

せっかく東原を追い込める材料を前にしておきながら、香西に水を入れられ、組長までが委細かまわず素知らぬ振りで東原を引き立てるのが、成田には大いに不満だったのだろう。あちらこちらで和やかな歓談が繰り広げられつつ、穏やかな雰囲気のうちに進んでいく会食の場で、一人忌々しげに虫の居所の悪そうな顔をしている。

東原も当然成田のそういう様子に気づいていたが、下手に視線を合わせようものならまたしても望まぬ事態になりかねず、意識的に避けるようにした。

そんな東原の意を汲《く》んでか、反対側にいる香西があれやこれやと興味深い話題をマメに振ってくるので、もっぱらそれに相槌《あいづち》を打っているだけで場を凌《しの》げ、助かった。

「ちょうど庭の菖蒲が見頃のようですなぁ」

草木にも関心が深く造詣《ぞうけい》のある香西が、しみじみと言う。

香西の言葉につられ、東原も縁側のガラス戸の向こうに広がる日本庭園を眺めやった。

今日の会合は、八王子《はちおうじ》の山中に広大な敷地面積を取って建てられた料亭で催されている。それぞれ趣《おもむき》の異なる大小の離れが、自然味溢れる見事な和風庭園に四十棟近く点在する。川口組が本日借り切った離れは中でも最も広さのあるもので、襖を開け放てば百畳の大広間として使えるものだ。

東原はここに来たのは初めてだ。今回の段取りをした幹事は香西と懇意にしている男で、場所決めする際、香西に意見を仰いだらしい。

六月は『菖蒲会』の謂《いわ》れにもなった花菖蒲が見られる時季なので、毎年この月に幹事になった者は他の月以上に気を遣い、慎重に準備を整える。場所を選ぶのも一苦労のようだ。

「菖蒲を見に出てみるか」

そろそろ席を外してもかまわなそうな状況になってきていたので、東原は膝を立て、腰を上げつつ香西を庭に誘った。

すでに宴席は無礼講《ぶれいこう》の様相を呈し始めている。はじめのうちは整然と並んで食膳を前にしゃちほこばっていた者も、ある程度経ってくると徐々に盛り上がって崩れだし、居場所を変えてあちこちに固まって酒を酌み交わしたり、手洗いに立ったりしていた。組長や東原のところにも、入れ替わり立ち替わり遠くの席にいた者たちが挨拶に来ては酒を注いでいっていたのだが、それも粗方《あらかた》落ち着いてきたところだ。

「いいですな。お供しましょう、若」

香西も二つ返事で頷く。

庭には縁側から下りられるようになっており、二人が立ち上がってガラス戸を開くと、護衛のために外にいた側近の一人が、料亭備え付けの突っかけを踏み石の上に素早く揃えてくれた。三つ揃いのスーツ姿だった東原が、先に軽い身のこなしで外に出た。袴姿が板に付いた香西もすぐ後に続く。

「あぁ、気持ちがいいな、外は」

暑すぎず湿気《しけ》りすぎずで綺麗《きれい》な青空を見せる戸外に出るや、東原は腕を思い切り振り上げて大きく伸びをする。

「太鼓橋から見渡すと、池の畔《ほとり》にぐるっと咲いた菖蒲が一眸《いちぼう》できるんですわ」

「ふん。なるほど見事な庭だな」

「うちもいずれはこのくらい整えたいんですが、広さが足らなくて様になりそうもない」

「庭なんざ弄るより、お気に入りのオンナにでも金かけといたらどうだ。あっちのほうもまだまだ衰えてねぇんだろ」

「参りましたな。それはそれ、これはこれですがね。確かに儂もいろいろ趣味が多くて、なかなか一つに絞れないのが悩みの種だ」

「親父さんとこの庭は今のままでも十分だろ。立派なもんじゃねぇか」

香西と二人で話すとき、東原は親しみを込めて香西を『親父さん』と呼んでいる。まだ東原が若頭になる前からの付き合いの名残で、愛称のようなものだ。

「若に気に入っていただけてるんなら光栄ですよ。ぜひまたお立ち寄りください。最近茶室も新しくしたばかりでね」

「相変わらず羽振りがいいみたいだな」

「なぁにたいしたことはありません。しかし、本当の話、茶の湯は心が落ち着きますよ。若もどうですか」

「俺か。俺はいい。もう手一杯だ」

組長がチェスに凝っていて、おまえもやれと勧められたので、去年から見よう見まねで始めたばかりだ。これ以上習い事を増やすつもりはなかった。

東原がそう続けようとした矢先、香西は別の考えを抱いたらしく、顎をさすりながら「まぁそれよりも……」と言い出した。

「若はまず伴侶を選ぶのが先決だな。いつまでも独り身ではなにかと不便でしょう?」

「はっ、それこそよけいなお世話だぜ」

結婚の話はしょっちゅう各方面から舞い込むが、ここで突然持ち出されるとは予期しておらず、東原はまともに面食らう。

「いやね、儂もこの頃たまに感じるわけですよ。やっぱり心にかけたオンナがいるのはいいもんだ。張り合いがあって若返る。こいつのためにもう一旗揚げてやろうって気になりますよ」

「そんなもんか。俺にはそういうのはわからねぇな。最近あんまり女に食指が動かなくなったからな」

「若はどっちかというとストイックな質《たち》みたいですな」

べつにそんなわけではないが、ここは薄笑いを浮かべてみせてやり過ごす。

禁欲など頭を掠めたこともない。だが、この数ヶ月は、自分でも意外に感じるほど決まった相手としか寝ておらず、頻度も減っている。

東原の脳裡をふと貴史の顔が過《よぎ》った。

少し目を伏せて愁いを感じさせる表情をしたところが一番に浮かび、思いがけず胸の奥がツキリと疼く。会いたくなれば呼びつけて、会話らしい会話も交わさぬまま抱くと、それ以外のときにはほとんど放置している男だが、結局今東原が最も心を許して弱みを晒しているのは、おそらく彼だ。青年社長の黒澤《くろさわ》遥とも精神的には似たような関係を築いているし、こちらのほうがより以前からプライベートな付き合いをしている仲ではあるが、明らかに東原にとっての存在意義が違っていた。東原は二人を同じ土俵に上げて比較できない。どちらも手放したくないと思う。そして、こんなふうにちょっとしたときまず頭に浮かべてしまうのは、遥ではなく貴史だった。

あいつは今頃どうしているだろう。事務所で働いているのか、裁判所にいるのか、それとも依頼人と面談中なのか。貴史のことを考えるとき、東原は自分自身気がつくかつかないか程度に気持ちを温かくする。じわりと左の胸のあたりが微熱を持つ感じだ。最初は奇妙な違和感だけを覚え、いったいなんなのかと訝ったが、やがて否応なしに思い当たった。

まだ認め切れないが、どうやら東原は久々に他人に対して独占欲と征服欲を持ったらしい。もっとわかりやすく言えば、愛情を湧かせたようなのだ。

よりにもよって堅気《かたぎ》の弁護士に、と我ながら信じ難さでいっぱいだ。もしかするとなにか勘違いしているのではないかと、心の片隅でずっと疑い続けている。よくよく考えてみれば、それ自体今度が初めてだ。貴史は東原にとっていずれにしろ特別な存在らしい。

「今んとこオンナは間に合ってる。男も女もだ」

香西が両刀なのを承知の上で東原はさらりと言った。どのみち当分結婚する気はない。こんな職業だから、むしろ妻子は持ちたくないという気持ちが強い。相手が男なら、結婚も子供も関係ない分、いっそ楽だろう。それが東原の本音だった。香西のように妻子もいてよそに男女を問わず愛人を複数持つような甲斐性《かいしょう》はない。マメではないから無理なのだ。

「親父さんがさっきみたいに言うのは、おおかたあのお気に入りの男のためだろうってのは察しがつくけどな」

「まぁ……否定はしませんがね」

もう九年くらい囲っているはずの美青年のことに触れると、香西はきまり悪げに顔を顰める。それでも否定はしないのだから、よほど惚れ込んでいるのだろう。最初は親の借金のカタに身売りさせたのだそうだが、色事にかけては百戦錬磨《れんま》のはずの香西がいつのまにか虜《とりこ》になっていたらしい。正直東原も、いったいどんな魔が差したのかと香西をからかってやりたい気分だ。

人の気持ちや関係は、本当にどこでどうなるか予測がつかないものである。もし自分も香西の二の舞になったらと想像すると、東原はたちまち構えてしまう。どんな場合でも自分の弱みを見せるのは、東原には屈辱なのだ。

散策道に沿って進んでいくと、やがて太鼓橋を渡ることになる。

庭園内を流れる小川の畔にずらっと咲いた花菖蒲は、まさに今が旬だった。優しい藤色をした、縁を微《かす》かに縮れさせたような柔らかな花弁が、控えめなのに凜として優雅な印象だ。花を支える茎と葉のすらっとした形状のせいでそう感じるのかもしれない。

香西が今夢中になっている愛人に似ているな、と東原は今さらながら思いついた。二度ほど香西と一緒にいるのを見かけただけだが、もし植物に喩《たと》えるとすれば、まさしくこの花菖蒲が的確な男だった。

そしてさらに、貴史も似た雰囲気を持っている気がする。

東原はいつになく感慨深い気持ちになって花菖蒲を橋の中ほどから見下ろした。

「評判通り綺麗ですなぁ、ここのは」

「ああ」

感嘆の溜息をつく香西に同意して東原が頷いたとき、ザリッザリッと草履《ぞうり》で散策路を踏みしめながら近づいてくる複数の足音が耳に入ってきた。

この庭も今の時間は川口組の貸し切りのはずだが、と思って目を向けると、成田が仲のいい親分衆を引き連れてこちらに歩いてくるところだった。

傍らにいた香西も「んっ？」と短く、複雑そうな声を出す。あまり歓迎するふうではない。東原にしても、こんなところまで追っかけてきやがったか、とうんざりした気分だった。

「やぁ、やぁ、ここにおいででしたか、お二方！」

成田はすでに太鼓橋に足をかけていた。

背後にいる二人の男も続いて橋に上がってくる。どちらも、幹部を務める中内組組長中内と山城組《やましろぐみ》組長加護《かご》だ。東原とは常々反駁し合っている。特に若手の加護には、なまじ歳や経歴に近いところがあるためか、ずいぶん妬《ねた》まれているようだ。東原に向けてくる目がいかにも好戦的で、皮肉に満ちていた。

「さっきはどうも失礼しましたな、若」

貫禄《かんろく》たっぷりに太った成田が形ばかりに会釈しながら東原に言う。謝ろうなどという気持ちはかけらもないことは、不遜に向けてくる目つきからも明らかだ。口先だけなのを隠そうとすらしない。東原はとことん軽んじられているのを感じ、ちくしょうめ、とはらわたを煮えくり返らせた。

「組の安泰を願う気持ちがつい強く出すぎましてな」

「ああ、そいつは無理のない話だ」

もっともらしいことを言う成田に、東原はそっけなく返す。白々しい、と喉まで出かけたが、押しとどめた。

「ところで若は、宗親《むねちか》さんとはご親交がおありでしたかな？」

成田が唐突に話を変える。

「藪《やぶ》から棒になんの話だ」

「いえね、若が宗親さんをどう捉えておいでか、一度お聞きしておきたいと思いましてな」

「どうと聞かれてもなぁ」

いきなり組長の庶子である上條《かみじょう》宗親を持ち出してくるのは、いったいどういう了見なのか。東原は成田の狙いがどのあたりにあるのか訝りつつ、用心深く答えた。

「親父さんのご長男だが、こっちの世界とは関係ない堅気の職に就かれてるからな。俺はほとんど交流がない。顔を合わせたら一言二言話はするがそれだけだ。思うところなんざ特にないが」

事実、東原と宗親の間にこれまで付き合いらしい付き合いがあったことはない。

組長の血筋を汲む子供は全部で三人いる。そのうち唯一の男子である宗親は、組長が愛人だった女性に産ませた子供だ。認知はされているが名字は母方のものを名乗っている。一人息子ということで組長も目をかけてはいるようだが、本人が極道に興味を示さないため跡を取らせるつもりはハナからなかったようだ。成田が宗親とどのくらい親しいのかも、東原の知るところではなかった。

「そうですか、それは残念ですな」

成田はいかにも含みを持たせた言い方をする。

わけがわからず、東原はあからさまに眉を顰《ひそ》めた。

「どういう意味だ？」

いい加減、成田の態度は目に余る。人生経験豊かな年配の重鎮ということに配慮して、自分より格下にもかかわらず敬《うやま》って接していれば図に乗りやがって、と腹が立つ。

東原が口調に棘《とげ》を含ませ、不快さを露《あらわ》にしても、成田は気がつかない振りをする。たいした厚顔ぶりだ。

「いや、なんですな、若は宗親さんと割合年齢が近いんで、場合によっては我々よりも宗親さんのお考えを理解されやすいんじゃないかと思いましてな。もしそれなら、ぜひお力添えいただきたいことがあるんで、ご相談したかったんですわ」

成田はそこでいったん言葉を区切り、上目遣いに東原をちらりと窺う。したたかで小狡そうな眼差しだった。わざと勿体つけて、焦《じ》らしている。後ろに控えた中内と加護も同じような目をしていた。嫌な感じだと東原は身構えずにはいられない。

「近いといえば近いかもしれねぇが。それがどうした?」

苛立ちを隠し、東原は冷淡に続きを促す。

「我々はね、若。やっぱり川口組のトップの座は世襲で継いでいただくのが最良の案じゃないかと考えているんですよ。……どう思われますかな、若ご自身は?」

それまでののらりくらりとした態度を一変させ、成田は予想外の話をしてきた。

予期せぬ展開に、東原は咄嗟に言葉が出ない。

まさか成田が今さら宗親を担ぎ出してこようとは意外すぎた。

「川口組はこれまで二代目、三代目と川口家の人間をトップとして続いてきて、揉め事や不平もなくやってこられた。何もここにきてそれを変えることはない。世襲にすれば誰も文句はつけないんだ。親父さんに跡を継ぐ息子がいないってんならよそから立てても仕方がないが、現に宗親さんという皆が認めた方がいる。宗親さんに四代目川口組を率いてもらうのが、組をうまく纏めてさらに発展させることになるんじゃあないかと考えるんだが、若のご意見はどうです?」

「要するに俺では今後組内部で分裂が起こる可能性があるって言いたいのか」

「有り体《てい》に言えばそうなるのかもしれませんな」

取り繕いもせずに成田はぬけぬけと認めた。

東原はギリッと奥歯を軋《きし》ませる。

「ふん。それならさっそく親父さんに提案してみればいいだろう。何もこの俺に前もって意見なんか聞く必要はない。組の安泰を願う気持ちからの提言だと訴えれば、案外親父さんも気を変えるかもしれないぜ。べつに俺はそれならそれで執行部の出した結論に従うまでだ。若頭の座を受けたとき同様にな」

「ずいぶん達観しておられますなぁ」

成田は感心したように目を丸くして冷やかしたが、内心唇を嚙んでいるのが窺えた。東原の落ち着きぶりが癪なのだろう。

「ご忠告申し上げますが、今後またこの前みたいに警察の介入を許すような不祥事を起こしたら、組員たちの間であなたを若頭として認められないという声が大きくなりますぞ。自分の組もうまく御《ぎょ》せない男に、総勢四万数百人から構成される川口組を任せられるはずがない。それくらいなら組長の血筋である宗親さんに跡目を継いでいただいて、我々最高幹部連が後ろ盾となって一致協力し、組の舵《かじ》取りをするほうがましというもんだ」

「くどいぞ、成田の叔父貴」

思い切り低音で凄みを利かせ、東原はこれ以上は一語たりとも好き勝手なことを喋らせないぞ、という強い気概を示す。

さすがの成田も、東原を本気で怒らせるとまずいと感じたのか、ぐっと気持ちを抑えた様子で黙り込む。

「若、下りて菖蒲を近くで見てみませんか」

頃合いを見計らっていたかのように香西がすかさず口を挟む。

「……そうだな」

東原も賛成し、成田と睨み合わせていた視線を外して体の向きを変えた。

息さえ止まりそうに緊迫した空気が解ける。

香西の背中について太鼓橋を下っていきながら、東原は当面ほんの僅かの油断もできない状況に置かれているのを痛感し、溜息を洩らしたくなるのと同時に絶対膝を折るものかという闘志も湧かせていた。

*

午後三時頃、『菖蒲会』は予定通りにお開きとなった。

組長は最後まですこぶる上機嫌だった。

東原を筆頭に格付けされた順番に見送りの列をなす親分衆の前を、ほろ酔い加減で通り過ぎる。

そして、側近が開いた後部座席のドアを潜ってベンツ600に乗り込むと、「あとで電話しろ。いや、明日にでも儂んとこに来い」と東原に一声かけてスモークを貼ったウインドーを閉め、帰っていった。

前後にはぴったりと護衛の車がついていく。前に二台、後ろに一台だ。真っ黒い車が四台揃って走り去る姿は、まさに権力の象徴だった。

「これから何か用事がおありですか、若?」

組長を間にした車の列が見えなくなったところで、香西が東原に聞いてくる。

「いや」

「よろしかったら、儂に少々お付き合い願えませんかな」

「どこに行くんだ?」

「ちょっと茶でも一服いただきに参ろうかと。中野《なかの》に、蒼月庵《そうげつあん》という離れの茶室を持っている茶道家がおりましてな。組長に以前ご紹介いただいた茶道の一流派、仁賀保《にかほ》流の家元なんですが、儂も昨年末からそこで茶の湯をご指導いただいとるんですわ。あいにく家元は本日ご不在ですが、若先生が代わりに応対くださるそうで。まだ二十八というお若さだがさすがは家元自慢のお孫さんだけあって、立ち居振る舞いから凜とした風格のある先生だ。先ほどうちの者に連絡を取らせたところ、今日はお弟子さん方もすでに引き揚げられたとのことでしたので、今から行って濃茶の点前《てまえ》でもご披露いただこうかと思っとるんですがね」

「濃茶か。あいにく俺はなんの心得もない不調法者だぜ」

「なに、かまいませんよ。儂もまだまだ見よう見まねで無骨なもんだが、所作は一通り身につけておりますんで、とりあえず儂のするとおりになさればいい」

「そうか」

立ち話をしているうちにも、幹部連中を乗せた車は次々と去っていく。料亭の駐車場に異様な雰囲気を与えて所狭しと並んでいた黒塗りの大型高級車は、すでに半数にまで減っていた。

東原は少し迷ったが、ここは香西の勧めに従うことにした。

まだ先刻成田と交わした胸糞悪い遣り取りが頭の隅にちらついている。このまま事務所に帰ると組員らに嫌な空気を伝染させてしまいそうだ。茶の湯に特に興味はないが、気晴らしにはなるだろう。

自分の車は帰らせて香西の車に同乗する。

こうした集会の場に乗りつけてくる車は相変わらずベンツが主流で、東原自身御多分に洩れず、なのだが、香西の車は国産のマジェスタだ。東原は香西のこういったよけいな見栄を張らないスタイルを好ましく思う。香西にとって車は単なる足であり、一千万かけるなら趣味のボートを一隻でも増やすほうがいいのだそうだ。「なんでもいいから持ってこい」とディーラーに任せ、カタログを見もせずに車を購入した東原と、多少なりと気持ちが被る部分がある気がする。

中野に向かって走る車中、香西は東原に、宗親のことは成田たちの完全な先走りだときっぱり言ってのけた。

「今までずっと組とはほぼ無関係なスタンスを取られていた宗親さんをいきなり担ぎ出そうとし

たところで、大半の組員は認めやしませんよ。第一、親父さんにその気がない」

「俺もそう楽観視したいところだが、親父さんも人の子だ。成田たちに焚きつけられて宗親さんがもし跡目を継ぎたいと思うようになったとすりゃあ、考えも変わるかもしれん」

「だけどね、若。宗親さんに川口組を率いるだけの力量があるかどうかは誰しも疑ってかかるところでしょう」

「……まあな。成田にしても本音はそれだろう」

東原は渋面になって答えた。

「わかり切ったことですよ。成田の目的は最初から、宗親さんを傀儡《かいらい》にして自分が実権を握り、組を動かすことだ」

香西はずばりと核心を衝《つ》くようなことを口にする。

ああ、と東原は前を見据えたまま首だけ振って同意した。

権力を振るうために利用できるものはなんでも利用しようとしてかかる成田の強欲さ、汚さには辟易《へきえき》する。毎度のことで東原もいい加減慣れているとはいえ、そこまでして恥ずかしくないのかと膝を突き合わせて問い質《ただ》したくなる。面の皮の厚さに呆れるばかりだ。

しかし、それだけではなく、宗親についてはなんとなく引っかかるところが東原にはあった。

「確か宗親さんは、幼少の頃しばらく体が弱くて学校に行くのもままならなかったと聞いたことがあるが、本当なのか？」

「ええ、そのとおりですよ。中学生あたりから徐々に常人並みに丈夫になってこられて、今じゃあまったく問題ないらしいんだが、親父さんが宗親さんを家業からあえて遠ざけられた理由の一つには、それもあるでしょうな。こいつは堅気のままでいさせたほうがいいって昔っからおっしゃってましたからね」

「どこに勤めてんだっけな？」

「今は大手の家電機器製造販売会社だったと思いますがね。どっちかってぇと飽きっぽい質らしくて、これまでにも三度か四度転職してるんですよ。そのわりにずいぶん器用で遣り手のようで、今のところじゃもう課長か課長補佐かそのへんまで昇進してるみたいですな」

「気まぐれだが有能ってわけか。なるほどな」

東原はさもありなんと思い、以前何度か顔を合わせた宗親を脳裡に描く。

 明らかに母親似の、あっさりとした顔の瓜実顔がすぐに浮かぶ。色白で彫りが浅く、やや長めに伸びた鼻に切れ長の細い目、弓形の眉――典型的な和風の顔だ。歌舞伎役者の中に素顔がこれとよく似た男がいる。あいにく東原は立役《たちやく》も女形もこなすその役者の名を覚えていないが、宗親を見るたびに毎度同じことを考える。

顔立ちは穏やかそうで、どこかはんなりしてさえいるにもかかわらず、時折醸《かも》し出す只者ではないオーラは、さすが血は争えないという印象を東原に抱かせた。なまじ優しげに整った顔をしているだけに、ふとしたとき感じる酷薄《こくはく》さや容赦のなさがよけい強烈で、たいていのことにはたじろがない東原ですら、背筋がぞわりとした覚えがある。

あれは容易に御せるタイプではない。

東原は持ち前の勘のよさで、初対面のときから宗親に近づくことに自ら警鐘を鳴らしていた。だからこそ今、成田が宗親を取り込み、派閥争いを優位に導くために利用しようと企《くわだ》てていることに不穏を感じるのだろう。

成田はおそらく宗親を見くびっている。もし宗親が本気になれば、利用されるのは成田のほうだ。いつのまにか立場が逆転し、気づいたときにはもう遅いという事態になりかねない。成田や彼の取り巻きたちがそのために失脚するのは自業自得だが、宗親の介入で組が分裂したり急激に変わるのは、東原としては歓迎しない。成田との確執は煩わしいことには違いないが、だからといって成田が潰れれば万事うまくいくのかというと、それも違うと思っている。成田の存在が組にとっていいように働いている部分も確かにあるのだ。

東原は常に己に言い聞かせているのだが、物事はすべて包括的に見ることが肝要だ。一つ一つは一見悪でも、本当に重要なのはそれが全体に及ぼす影響である。不利益のみでないことも多いのだ。

眠っている子を起こすようなまねはしてくれるな、というのが東原の偽らざる心境だった。

宗親は——ヤバイ。どうしても東原はその感触を捨て切れない。おとなしやかで、いかにも常識人のように見せかけながらも、一皮剝《む》けば誰より立派な極道なのではないか。そんな気がする。

宗親のことを考えてしばらく黙り込んでいた東原に、香西は元気づけるように言う。

「まぁ、成田のことはそう気に病まず、儂と少しまったりしませんか。仁賀保流家元の本宅の茶室は実に立派でしてな。親父さんもずっと贔屓《ひいき》にしておられるんで、若も嗜《たしな》んどいて損はないでしょう。そのうちきっと一緒に茶席に出席しろと言い出されるんじゃないですかな。今日のところは家元にはご紹介できませんが、若先生の優雅な点前は家元の荘厳なそれとはまた違った趣がある。すでに助教授の免除をお持ちですからな。たいしたものですよ」

「あんたも風流なことが好きだな」

東原は香西をちらりと冷やかし、ようやく口元を緩ませた。

宗親のことはいったん頭から追い払う。

香西が羨望《せんぼう》を込めて説明してくれたとおり、六百坪からなる仁賀保家の敷地には、手入れの行き届いた日本庭園と茶室『蒼月庵』があった。

「ようこそおいでくださいました」

お手伝いの取り次ぎを経て自ら玄関まで東原たちを出迎えに来たのは、渋い青丹色《あおにいろ》の着物を着流した、東原の予想以上に若い男だった。

「お初にお目にかかります。仁賀保織《しき》と申します。どうぞお見知りおきくださいませ」

玄関の上がり口に正座して深々と頭を下げ、丁重に挨拶する所作が板に付いている。仰々《ぎょうぎょう》しさはいっさい感じられず、こんなふうに礼節正しく接するのが日常らしいと察せられた。

「こちらが川口組の若頭、東原さんですよ、若先生」

香西がそう紹介すると、織は女かと見紛うような細く白い顔を上げ、黒々とした瞳を真っ直ぐ東原に向けてきた。

「お噂はかねがねお聞きしております。お目にかかれまして光栄です」

東原を見上げて顔を合わせ、あらためてお辞儀する。

見れば見るほど性別不詳の妖《あや》しい容貌だと感じる。びっくりするほど睫毛《まつげ》が長く、唇が小さい。全体的に小作りな顔なのだ。艶のある長い髪を平安時代の貴人のように肩の下あたりで一結びにしていて、頭を下げるたび頬に軽く被さってくる横髪が妙に色っぽい。そのくせ髪の毛自体は一筋も乱れかかってこないのが、人形のような雰囲気を強めていた。芸事などを生業とする由緒正しい家には、現代社会から切り離されたように浮世離れした存在がしばしばあるが、この男もまさしくそんな感じだ。二十八といえば貴史とちょうど同い年だが、織は年齢もまた見かけからは推し量りにくかった。清廉《せいれん》で無垢そうな印象や、いかにも瑞々《みずみず》しい肌の張り艶からすると、高校生くらいといってもあながち頷けなくはない。反面、老成や円熟味すら匂わせる落ち着き払い方、東原のような大物の極道を前にしても顔の筋一つ動かさず堂々としていられる度胸のよさや世慣れぶりを見れば、確かに二十代後半には達しているだろうと思い直しもする。

「急に無理をお願いして厚かましく寄せていただいて、すみませんなぁ」

「いえ、とんでもないです。予期せぬご来客もまた私どもの楽しみの一つです。特にそれが香西

さんとなれば、本当にいつでも歓迎いたします。東原さんまでお連れくださいまして、ありがとうございます」

「俺の噂ってのは香西の親父さんからか？」

東原は先ほどの織の言葉を思い返し、深い意味もなく聞いてみた。

「……はい」

織は一瞬言葉に詰まったように一呼吸置いてから返事をする。当の本人がいる前なので、答えていいものかどうか迷ったのだろう。東原は特に勘繰《かんぐ》ることなくそう思った。

「たまにですよ」

香西もいささかバツが悪そうに苦笑する。

「むしろ、親父さんが家元に若のことを自慢されるのを、若先生もお聞き及びだったんじゃないですかね」

「それもございます」

今度は織もうっすら上品に微笑みながら、余裕を持たせて答える。

よく磨き込まれた廊下を先導して歩く織の後ろ姿は美しく、東原はそちらに気を取られていた。

「のちほどあらためましてご案内申し上げますので、しばらくこちらの部屋でお待ちいただけますか」

紺色の毛氈《もうせん》が敷かれた八畳間の襖を開け、東原と香西を中に通すと、織はいったん姿を消した。

茶事の準備に向かったのだろう。

「綺麗な男だな」

東原は作法に頓着せず毛氈の上に胡座《あぐら》をかき、思ったままを言った。もしかすると漁色家《ぎょしょくか》の香西は一度くらい手を出したのではないのかと邪推する。香西の美形好きを承知の上でのことだ。

「ん……まぁ、そうですな」

しかし、意外にも香西はそう言われればそうだったとこの場で気づいたくらいの鈍い反応しか返さず、着ていた羽織を丁寧に畳んで部屋の隅に用意された乱れ箱に収めると、不意の客用に常備されていると思《おぼ》しき足袋《たび》に履き替え始めた。茶席用の足袋らしい。東原も香西に教えられ、靴下を五本指のものと替える。それもあらかじめ用意されていた。

「茶会にはよく行くのかい、親父さん?」

「都合がつけばなるべく参加するようにしてますがね」

香西は床の間の前に正座すると、掛け軸をしげしげと眺めて、感心したように嘆息する。遠目から見ただけの東原にも、相当な逸品であることは察しがつく。こういった道具ものにも関心の高い香西には目にするだけでたまらないものだったらしい。全体的に朦朧とした、ほとんど筆跡をとどめない技法で描かれたもので、しっとりと、けぶるような空気の中に樹木の固まりがあるのが見てとれる。そして左上には羽を広げて飛び立つ鷺《さぎ》。その白さが清冽《せいれつ》で美しく、絵に動きを与えている。

「菱田春草《ひしだしゅんそう》の作ですな。見事なもんだ」

「名前は聞いたことがある」

「そうでしょう。横山大観《よこやまたいかん》らと共に雅邦《がほう》門下の四天王と呼ばれた有名な日本画家ですからな」

「高そうな掛け軸だな」

東原は悪気があるわけではなく手持ちぶさたから不粋なことを言うと、毛氈の真ん中に置いてある煙草盆に視線を移した。こちらも趣深い品なので、価値のある物なのだろう。

失礼します、と襖の外から声がかかり、織が小さな塗り盆に湯飲みを二客載せて運んできた。

「白湯《さゆ》です。お飲みになりましたら、草履にお履き替えになって腰掛待合の方へどうぞ」

「かたじけない。ありがとうございます」

香西が心得た様子で答える。

東原は胡座をかいたまま座り直しもしなかったが、織はまったく気にしていないようだ。他に迷惑をかけるのでなければ、作法がどうのと細かな点までうるさく従わせる必要はないと思っているらしい。大切なのは気持ちであって、型に忠実なことだけが重要ではないのだ。織は無言のうちにそれを悟らせるような柔らかい笑みを口元に浮かべると、お辞儀をして再び出ていった。

襖の開《あ》け閉《た》ての所作といい、足の運び方といい、すべてが洗練されていて、見ている側まで気持ちが引き締まるようだ。若くとも織のような人物に茶の湯を習うのは悪くないと東原は思った。

腰掛待合までは露地《ろじ》と呼ばれる庭を通って向かう。

竹皮《ちくひ》の草履を履き、一歩一歩踏みしめるようにして飛石の上を歩む。平らな自然石ばかりを集めて配列された飛石は打ち水されている。慣れない東原はつい足下を気にしがちになるが、前を行く香西は足運びに揺るぎがない。袴の裾や足袋を汚すようなこともなかった。

「露地草履で地面を踏まないように気をつけてください」

踏んだらもうその草履は使い物にならなくなると言う。

面倒だなと思わないでもなかったが、石の上をゆっくりと進んでいくうちに、徐々に気持ちが落ち着いてきた。日常から切り離されたような、風情のある静寂な空間に包まれているからだろうか。何も焦《あせ》ることはない、しばしの間煩わしいことを忘れ、めったにない時間と場所に浸ろうかと心が穏やかに澄んでくる。

「たまには悪くないでしょう、若？」

東原の些細な気持ちの変化を敏感に感じ取ったらしく、腰掛待合に入って腰掛けに置かれた円座の上に座るなり香西は満足そうにした。

「……まぁな」

東原は素直に頷いて、座ったまま見渡せる露地に目をやった。

囁き声すら遠くまで響きかねないほど静謐な空気が、あたりを取り巻いている。

水の滴る石や濡れて色を増した下生えの苔《こけ》、大きな丸い天然石に水穴を空けた蹲踞《つくばい》、そして筧《かけひ》など、どれを取っても一つ一つに工夫が凝らされ、独自の雰囲気を醸し出している。殊に東原は石肌に苔がむした蹲踞の趣が風雅で興味深かった。

このさらに奥まった位置にある茶室はどんなものなのかと、徐々に期待が高まる。

「我々みたいな生業の人間は、なかなかこうして心を和ませられる機会がない。儂も普段は色と欲ばかりだ。ときどきでも心を洗わんと、錆《さび》が溜まっていつか雁字《がんじ》搦《がら》めになったまま動けなくなりそうな気がしましてな」

「香西の親父さんでもそんなふうに感じるときがあるのか。意外と殊勝《しゅしょう》じゃねぇか」

「どんな人間にも二面性はあるもんですよ、若」

香西は苦笑いしながらも、至極真面目な調子で言った。

二面性という言葉が東原の心に引っかかる。誰にでもあるのは東原も承知していた。東原にもあるし、香西にも成田にもあるだろう。そして貴史にもある——。

ごく自然と東原は貴史のことにまで思いを馳せていた。ふっと頭に浮かんできたのだ。

柄にもなく戸惑う。

「どうされました?」

いきなり頭を大きく振った東原に、香西が眉を寄せる。具合でも悪くなったかと心配したようだ。

「いや、なに。ちょっと別のことを考えただけだ」

別のこと、と答えた途端、今度は宗親を思い出す。二面性云々《うんぬん》となったなら、宗親こそ激しい落差の持ち主ではないだろうか。

「俺も心の鍛錬《たんれん》がまだまだ足りねぇな。いい雰囲気に気持ちを持っていけたと思った矢先、またよけいなことを頭に過らせて元の木阿弥《もくあみ》にしてしまう。親父さんのようにすっとワビサビの境地に入り込んでいくのは難しいぜ」

「そりゃあ仕方ない。若は儂なんかよりぐんとお若いんだから。悩んで迷ってなんぼだ」

「ああ」

「茶室に入るまでにできるだけ無の境地に近づければいいですな。本来は露地に入ると同時にそうなるべきなんだが、儂もそう難しいことは言いませんよ。今日は若先生も堅苦しい作法は抜きでとお思いのようだ。きっと大目に見てくださるでしょう」

「そう願いたいところだな」

東原は自嘲気味に溜息をつくと、組んでいた足を上下入れ替えた。

筧から蹲踞に流れ落ちるサラサラした水音が耳に心地よく響く。

香西は東原が話したければ聞き、相談にも乗るつもりでいるようだ。自分から口を開く気配は窺えない。

「どうも俺は宗親さんが気になるようだ」

言おうか言うまいか迷った末、東原は切り出した。香西とはたいていのことは腹を割って話してきた仲だ。年齢は一回り半ほど違うし、従って世代や感覚も違うわけだが、不思議とわかり合える部分が多い。口に出しこそしないものの、東原は明らかに香西を頼りにしているところがある。自分にとって今後とも必要な人間だと認めていた。

「そっちでしたか」

香西は微妙な相槌を打つ。

「なんだ、そっちってのは。他に何があると思った？」

「お気に障ったら謝りますが、もし若が誰かのことをお考えだったとしたら、儂はてっきりこんとこぞっこん惚れ込んでおられるご様子の、例の社長さんに絡んだことかと思ったんですわ」

「……ああ」

遥のことだったのか、と東原は変な話だが胸を撫で下ろした。

記憶違いでなければ東原は香西に遥の名前すら言った覚えはないのだが、抜かりのない香西は、すでにある程度遥のことを調べて知っているらしい。東原が遥に入れ込んでいるのは事実だ。ゴルフはもちろん、一度は海外にも一緒に出掛けたことがあるので、香西の耳に入っていないはずがない。

東原がホッとしたのは、万一ここで遥ではなく貴史のことを言われたのだとすれば、相当きまりの悪い思いをした気がするからだ。

そもそも東原は、遥に関してはかなり開けっ広げにしているが、貴史のことはそれとは比べものにならないほど慎重で、特にプライベートな部分については側近以外には気取《けど》られぬよう注意深く行動している自覚がある。果たしてその差は、遥とは寝ておらず貴史とは寝ているからというだけなのかどうか、自分自身断じ切れない。香西も貴史の存在自体は知っていても、どういう仲なのか正確には把握していないはずだ。冷静になって考えれば、香西がここで貴史に触れる可能性は低いことにすぐ気がついただろう。それにもかかわらず妙に焦りかけた自分が、東原には不覚だった。

「そいつは無関係だ」

本当にそのとおりだったので、東原の口調はきっぱりしたものになる。しかし、取りようによっては、反対に図星だったからこそ強く否定してのけた、と思えなくもないかもしれない。

香西はいったいどう受け止めたのか、東原に向けた目を僅かに眇め、腑に落ちなそうな顔をした。東原の言葉を疑ったというより、本気でまだ宗親のことを煩っていたのかと、それ自体が意外だったようだ。

「珍しいですな、若がそれほど神経質になられるとは」

「虫が知らせるんだろう」

「儂は、宗親さんは組とはまったく関わりのないお人だと見なしてますがね。成田らが何を画策していようと、まず本人にその気がなかったら、担ぎ出しようもないでしょう」

「本当に宗親さんは組長の座に関心がないんだと思うか？」

「ないように思えますな、儂には」

香西は軽く肩を竦め、迷うことなく答えた。

茶室の方から、カタンと引き戸を開ける音がする。

それを聞くや香西は顔つきを引き締め、居住まいを正した。

「若先生が迎付《むかえつけ》の挨拶におみえになりますぞ」

話はまだこれからというところだったが、この先は茶の湯に意識を向けようということらしい。

東原も場の雰囲気に従って口を閉ざす。

にじり口から出てきた織は、蹲踞の上に置かれていた柄杓《ひしゃく》を取ると、まわりに水を打ち始めた。

こうして心や場を清めるらしい。

打ち水を終えると二人の許に来て、ふわりと優しく微笑みかけ、お辞儀する。どうぞ茶室にお上がりくださいという合図のようだ。

織が再びにじり口から茶室に戻るのを腰掛に座って待ちながら、東原はこのまだるっこい作法さえも少しずつ楽しめるようになってきた。いつもせかせか慌ただしくしてばかりの日常がだんだん遠のいていき、めったに味わえない贅沢《ぜいたく》をしている気分になる。こうした習い事を続けたくなる気持ちはわからなくもなかった。

「堅苦しく考える必要はないんですが、いちおう決まり事がいろいろとありますんで、若は儂のしたとおりになすって後からお越しください」

香西に耳打ちされ、東原は「ああ」と了解する。もとより初心者なので、作法はすべて香西を手本に見よう見まねでやるつもりでいた。神社で参るときのように蹲踞で手と口を清め、にじり口に頭から入る。脱いだ草履は、香西がしたように踏み石の横の壁に、立て掛けるようにして並べた。

茶室には先に入った香西が一人、正座しているだけだった。織は奥にいるらしい。想像していたより広い部屋だ。六畳程度かと思ったが十畳ある。いわゆる書院造りと呼ばれるもので、角柱も長押《なげし》も棹縁《さおぶち》天井も格式を感じさせた。

「床の間の軸と花入れを拝見されるといい。立派なもんだ」

香西に教えられ、それが手順か、と思いつつ東原は床の間の前に座った。

こちらに掛けられているのは書だった。歌が詠《よ》んである。黒々とした墨の色の美しさ、流麗な筆運びが初夏らしい心地よい涼やかさを感じさせる、いかにも由緒ありそうな品だ。

「近衛忠煕《このえただひろ》公の筆ですよ」

香西が潜めた声で注釈をつける。

「知らんな」

東原も香西に合わせて声を低く抑えて喋る。

「公武合体のときに活動した幕末の公卿ですな」

「ああ。薩摩《さつま》藩主の島津《しまづ》一門と縁の深い、あれか」

「ほほう、いつも歴史にはさして興味がないとおっしゃりながら博識でおられる。若にはいつもやられますよ」

「たまたまだ。あのへんの時代は結構面白いからな」

木目の美しい、立方体の桶《おけ》のような花器も、変わった趣向で感心する。挿《さ》してあるのは笹と茅《ち》の輪だ。茅の輪は六月祓《みなづきばらえ》に用いるものだ。涼しげでいてどこか荘厳な印象を受ける、心に残る演出がされていた。

「ここの主人は実に趣味がいいようだな」

東原は香西の横に座り直し、感じたとおりに褒めた。今度ばかりはさすがに胡座を組むのは憚《はばか》られ、正座する。

「組長もいたくお気に入りですからな」

しばらくすると織が茶道口に現れた。

美しい仕草で三つ指を突き、座礼する。白い顔と長い黒髪の、どこか浮世離れした印象の青年は、この非日常的な空間にぴたりと嵌《は》まっていた。

「それではあらためまして、本日はようこそおいでくださいました」

主菓子が出され、次に水指《みずさし》を持って茶道口に座った織は、深々と頭を下げて、

「御茶を一服差し上げます」

とお決まりらしい口上《こうじょう》を、そうと悟らせぬような気持ちを込めて述べた。

御茶、といえば濃茶のことだ。東原もその程度は知っている。薄茶は何度となく飲んだことがあるが濃茶は初めてだ。一つの碗を三口半ずつ回し飲みするというが、実際にどうやるのかはわからない。

道具が次々と運び込まれ、点前座が整う。

織は柄杓を構えると濃茶点前を始めた。

白く細い指が、どんな迷いも躊躇いも窺わせずに動く。綺麗な横顔は穏やかな笑みを湛えたまだ。時折睫毛がゆっくり瞬くだけで、他はほとんど変化しない。

東原は織を黙って見つめつつ、何かを考えているようないないような、心を無にしているようなしていないような、ひどく曖昧《あいまい》な心地で居続けた。

じっと見つめられることには慣れているだろうに、織も東原の視線をどこか意識しているふうだった。どこがどうとは言えないが、東原にはそう感じられた。

ぴんと張り詰めた空気が、時折ゆらりと揺らぐ。

それが東原には、織の微かな、本当に微かな心の揺れと重なり合う気がしたのだ。淡々として確かな手際で茶を練っていきながら、まだ織には若さゆえの迷いがあるようだ。熟して開く前の、ふわりと膨らんだ蕾《つぼみ》の初々しさ。おそらくそこが織という男の不思議な魅力に繋がっていくのだろう。

よく練られた濃茶が香西の前に差し出される。

顔を上げたとき、織は東原と視線をぶつからせるや、すっと目を伏せた。

何か東原に対して含みでもあるのか、それとも単に東原の目つきが怖かったのか。東原も自分の眼差しがときに人を怯えさせるほど鋭く酷薄そうに見えるのを承知している。織の反応は、無理ないとも思えた。

香西が右手で茶碗を二人の間に置き直す。

そうして香西に目で促され、揃って織に一礼する。

香西がまず飲んで、濡れた茶巾《ちゃきん》で飲み口を清めたあと、茶碗を東原に手渡した。

東原は香西がしていたとおりに茶碗を右手で取って左手の上に載せ、一礼してから時計回りに二回しした。

両手で茶碗を持ち、口をつける。

初めて飲んだ濃茶は濃厚な香りと強い苦みを東原に与え、東原は何かまた一つ新たな教えを授けられた心地になった。

＊

茶席のあと、帰り支度をすませた東原と香西を玄関まで送り、二人を乗せた車が走り去るのを見届けて、織はふっと息をついた。

あの人が川口組の若頭、東原辰雄か……。あらためて意識する。

心臓を抉られるのではないかというような鋭利な眼差しをしていた。思い出すだけで背筋がぞくりとし、全身が強張りそうになる。噂には聞いていたが、本当に迫力のある男だ。ただそこにいるだけで圧倒的な存在感と威圧感があった。

よく最後まで目立った失敗をすることなく濃茶点前を終えられたものだ。

織は精神の鍛錬が十分なされていない自分の未熟さを反省するのと同時にそう思い、ほっと胸を撫で下ろす。

すでにあたりは薄闇に包まれていた。

まだ茶室の片づけが途中になっている。

露地を通って茶室に戻り、水屋で茶碗や茶巾を洗い、それぞれ所定の位置に戻す。

そして、風炉《ふろ》の灰を拾った。

灰形を見れば、亭主の力量と心の入れ方がわかるという。臨時の茶事とはいえ、織なりにできる限りのもてなしをしようと心して臨《のぞ》んだ席だったが、まだまだだと痛感させられる。家元である祖父はもちろんのこと、茶道は趣味で嗜むだけの祖母や母の足下にも及ばない。織の感じていた緊張が灰にそのまま映し出されている気がして、拾いながら唇を噛みしめた。

香西と東原は懇意な間柄らしいので、そのうち東原を連れてくるのではないかと薄々踏んではいた。だが、よりにもよって祖父が留守にしているときに、突然今からお邪魔したいと言われるとは予想外の成り行きで、表面上は落ち着き払って「ぜひどうぞ」と了承しつつも、内心かなり動揺していたのだ。

東原自身に会うのは今日が初めてだったが、以前から執拗なくらいに名前を聞き、尋《たず》ねもしないのにこんな男だと教えられ、嫌でもあれこれ想像せずにはいられなくなっていたので、実際に顔を合わせたとき、初対面ではない気がした。

灰の始末をすませると、床の間の前に正座して軸と花入れを静かに見つめる。

少し心を落ち着かせたかった。

かねてよりどんな人だろうと思い描いていた男をとうとう知って、織は自分でも当惑するほど気持ちを乱していた。

こういう感じなのだろうかと勝手に考えていたことが、ほとんど当たっていたのだ。織にはそれがとても複雑だった。織に東原のことをくどいくらい話して聞かせた男の、東原に対する並々ならぬ関心の強さ、気持ちの奪われようを知らされたも同然に思えるからだ。

前からずっと感じていた。

あの男は——きっと、東原に惚れているのだろう。そんなふうには決して言わないし、聞いたところで認めるはずもないが、織にはそうとしか考えられない。それ以外にあの執着ぶりを納得いくように説明することはできないと思う。

東原と会ってみて、織にも惹かれずにはいられない気持ちは理解できた。

しなやかで俊敏で若々しい上に風格が備わっている。自分より遙かに年配の香西と一緒でも、おそらく誰一人としてどちらの立場が上か見誤る者はいないだろう。香西といえば、全国に名を馳せるヤクザの大親分だ。筋金入りの極道者である。その香西に一目置かれ、ろくに作法も知らないのにどこか品を損なわない無頓着ぶりで織の練った茶を飲んでいった東原に、織はずっと気を張り詰めさせていた。

ああいう男に惚れてしまったら、さぞかし辛いに違いない。あれこれ考え、始終苛々したり悩んだりして、心が一時も穏やかでいられなくなりそうだ。そう思い、馬鹿だなと同情する反面、織は自分自身と重ね合わせ、自分もまったく同じことをしているではないか、馬鹿は己だと自嘲せずにはいられなくなる。

我知らず深い溜息が洩れた。

「おい。いるんだろう」

にじり口の外から声をかけられる。

はっとして首を捻ってみれば、手がかりを残して薄く隙間を作ってあった戸に指が添えられ、滑るように開けられるところだった。

「む、宗親さん……!」

いつのまにかすっかり暮れた庭を背景に、白い顔と手がにじり口から覗いていた。

宗親は俊敏な動作で茶室に上がり込んでくると、パタンと戸を閉め、織の傍まで近づき片膝を立てて胡座をかいた。越後《えちご》上布《じょうふ》に科布《しなぬの》の角帯を締めた、いかにも上等な麻織物をさらっと着こなしている。自然の布ならではの味のある色目が上品だ。

「こんな薄暗い中、床の間の前に座り込んで何をしている？」

常に感情をほとんど表に出さない冴え冴えとした印象の顔を織に向け、宗親は久々に訪れた挨拶代わりに聞く。

「べつに……何も」

ついさっきまで当の本人のことに思いを馳せていた織は、心地悪さにそっと目を伏せ俯いた。

天井に下がった電球一つの黄ばんだ明かりが、二人の影を障子や畳に大きく映す。

その宗親の影がゆらりと揺れた。

近づく気配に気づいた織が顔を上げたとき、宗親はすぐ間近まで寄ってきていた。

長い指で頤《おとがい》を掬われ擡《もた》げさせられる。

「今日、東原が来たそうだな？」

目を逸らそうにも逸らせない。宗親の視線に瞳を縫いとめられた心地がする。瞬きするのも憚られ、織はどうする術もなく宗親の切れ長の目を見つめ返した。

ふん、と宗親が薄めの唇を僅かばかり横に伸ばす。

表情や動作は落ち着いているように見えても、内面は熱く滾っていることが織にはつぶさに感じ取れた。ぞくっとして、宗親の人差し指が添わされたままの顎の先が微かに震える。

「香西さんとご一緒にみえました」

感情を押し殺して淡々と答えた織に、宗親は「そうか」と薄く笑った。

「それでおまえは東原にここで一服振る舞ったのか？」

「ええ」

「それで、どうだった？」

続けながら宗親はさらに膝を進めて織との間を詰め、左腕を肩に回して軽く引き寄せてきた。

「どう、と聞かれましても」

「東原と相対した印象だ」

珍しく宗親は焦れた声を出す。

織の髪に手を差し入れ、五指で梳き下ろしていき、背中で一括りにしていた紐を解く。

長く伸ばした髪が背中に広がった。

「……かねがね宗親さんからお聞きしていたとおりのお方だなと」

織は躊躇いがちに答えた。

「ほとんどお言葉は交わさなかったのですが、大胆で剛毅な、たいがいのことには怯《ひる》まない強さや自負を持たれた方だというのは、肌で感じ取れました」

宗親が心を囚われるのも無理はないと思ったことは口にしない。

織の言葉を聞く間、宗親はしっとりとした感触を愉しむように髪に指を通し、梳いたり撫でたりしていた。心地よさもあるが、それ以上に緊張が強く、身が竦む。この優しく穏やかな手つきがいつ冷酷に豹変するのかと思うと、心地よさに陶酔《とうすい》してばかりはいられなかった。宗親の、まるで見かけと違う荒々しさや激しさは、すでに嫌というほど知らされてきている。

「東原も茶の湯を始める気になったのか？」

「さぁ、そういうつもりでみえたわけではなかったようですが」

そこでいきなり畳に押し倒され、織は「あっ」と不意を衝かれた驚きに声を上げた。

宗親が体重をかけてのし掛かってくる。

「やめてください……っ」

「どうした。ここでは嫌か？」

「お願いです、宗親さん」

「逆らうな、と家元から言い含められているはずだろう、織」

敷き込んで押さえつけられても身動《みじろ》いでもがく織に、宗親はうっすらと嘲《あざけ》るような微笑を浮かべ、悠然としていた。

宗親は織が結局逆らい切れないことを承知で、わざと嫌がることをして辱《はずかし》める。

織は、宗親をなんとか上からどかせようと肩を掴んでいた手を離すと、恨めしさを込めた眼差しですぐ目の前に下りてきていた宗親の顔を見た。

宗親も勝ち誇ったように目を細めて織を見つめ返す。

「どこでやろうと今さらだ」

昔の公卿《くぎょう》を思わせるはんなりとした容貌をしていながら、宗親の腕力は強い。多少の抵抗はまるで功をなさないのは承知だ。宗親の弁のとおり、くれぐれも組長や宗親の意に反するなと祖父に諭《さと》されていることも、織を諦めさせ、従わざるを得なくさせる理由の一つではある。

——仕方がない。

織は観念して瞼を閉じた。

真上で宗親が満足げにほくそ笑むのが、息の吐き方から察せられる。

腰に触れていた手が体の線を確かめるようにゆっくり滑り下りていき、着物越しに足を撫でさする。膝も手のひらに包んで揉まれる。感じやすい織はそれだけでじっとしていられなくなり、身をくねらせ、ひっそりと喘いだ。

つい数時間前まで粛然《しゅくぜん》とした雰囲気に満ちていたはずの神聖な茶室が、夜の帳《とばり》に覆われた途端、淫らな交歓の場として使われる。初めてのことではないとはいえ、織はその落差に戸惑い、激しい自己嫌悪と罪悪感に見舞われてしまう。

宗親は、反らせた喉に唇を這わせ、ときどき強く吸い上げたり舌先を肌の上で跳ねさせたりしては、織の立てる噛み殺し損ねた声と僅かに引き攣る体の反応を堪能する。

「もっと声を出していいんだぜ」

限りなく中性的な顔立ちをしている宗親だが、言葉遣いは突き放した印象で荒っぽい。最初の頃、織はこれにも馴染めず、宗親の纏う独特の雰囲気にまごつかされた。どんなふうに喋ればいいのかもわからず、川口組組長の息子ということもあって身を硬くしっぱなしで疲弊したものだ。初対面から五年経った今では少しはあしらい方も覚えたが、やはりまだ宗親には摑み切れない部分を多く感じており、気が抜けない。

腰と足を往復していた手が重ねられた着物を捲《めく》り、襦袢《じゅばん》ごとはだけられる。そして、ぴったりと閉じ合わせていた太股の間を右膝で割られ、強引に押し開かれた。

剝き出しになった足を手のひらで撫で上げられる。

「あっ!」

片膝を折って立てさせられ、内股にまで指を這わされると、織はビクッと腰を引き、あえかな声を洩らした。

「相変わらずここが感じやすいな」

「やっ……あ、……やめてっ」

鍵盤《けんばん》を叩くかのごとく動く指が、柔らかな肌を軽やかに嬲る。そのたびに織は立て続けに全身を痙攣させ、宗親の腹の下で身動いだ。

下帯を解かれて股間まで暴かれ、はしたなく硬くなりかけた中心を握り込まれる。

ぎゅっときつく揉まれて、織は「んっ!」と呻き、顎を大きく後ろに反らせた。

宗親に巧みな指遣いで愛撫されるとひとたまりもない。

たちまち張り詰め、先端が湿ってくる。頭頂部に先走りの雫《しずく》が浮き出てくると、宗親はそれを指の腹で塗り広げてみせ、淫らだと揶揄《やゆ》した。

羞恥で頬が火照る。

頬に打ちかかっていた髪を払ったとき、少しでも熱を抑えようと手の甲を押し当てた。

宗親は織の動揺になど頓着せず、淡々と命令する。

「両足を立てて、もっと開け」

目を閉じたまま、織はそろそろと足をずらし、股の間を広げた。

どれほど屈辱的なことを強いられようと逆らえない。逆らったところで、結局は宗親の意のままになるほかなくなるのだ。

腰まで裾をたくし上げられたせいで、露になった秘部に梅雨《つゆ》どきの温《ぬる》んだ空気が触れる。

「扇情的な眺めだな」

開いた尻の奥にある窄まりを、つっと指で確かめられる。

「……あっ、あ」

指の腹で襞を揉むように弄られ、織は乱れた声を上げては慌てて袖を噛んだ。

宗親は後ろの入り口をそうやって解すのと同時に、前の昂りももう一方の手でゆるゆると扱く。

襞を分け、乾いた指が無理やり中に潜り込んでくる。

「んんっ……、あ、あぁっ」

狭い器官をみっしりと埋めながら抉るようにして捩《ね》じ込まれてくる指に、織は呻いた。少しでも楽に受け入れるため、腰から力を抜く。

気まぐれで残酷な宗親にこうしてところかまわず押し倒されてきた織の体は、本人の意思とは関係なく反応する。痛みや苦しみを受けても、それを悦楽にすり替えて感じられるほどにまで慣らされていた。

何をされても従順にしていろ、くれぐれも宗親の機嫌を損ねるな——辛くて挫《くじ》けそうになるたびに祖父の言いつけが頭に浮かび、織を気丈にした。

仁賀保流は茶道の流派の中では傍流《ぼうりゅう》で、弟子の数もまだまだ少ない。慢性的な資金不足に喘いでいる中、川口組の引き立てを失うわけにはいかなかった。

庶子とはいえ、宗親は組長の一人息子だ。総勢四万人以上もの構成員を従える巨大組織の頂点にありながら、組長も宗親に対してはただの親になる。互いにろくに口を利かなくても、親子の間に深い絆があることは織にも感じられた。組長の親としての気遣いで、本来組とは関係ない立場のはずの宗親は、万一に備えて常に身辺にボディガードを従え、一介のサラリーマンとしては考えられない単位の金を自由に動かす。

五年前、組長のお供で暇潰しにこの茶室を訪れた宗親は、大学を出て本格的にお茶の修業を始めたばかりだった織と会い、関心を持ったようだ。

何度も何度も目が合って、織は困惑すると同時に宗親の典雅《てんが》で知的な雰囲気に呑まれた。

——もしかすると、そのときからすでに惹かれていたのかもしれない。

いったん組長と一緒に引き揚げたはずの宗親が、一時間ほどして一人で戻ってきたとき、織はドキリとした。

こんなに早くまた会えた……、そんな喜ばしさが湧いたのだ。

だが、宗親が織に求めたのは最初から体だけだった。

そして、祖父はそれを承知していた。見返りに莫大な寄付をすると約束されたからだ。

お薄を点《た》てて宗親に差し上げてこい、何をされてもおとなしく従え。そう言われて向かった客間で、織は初めての体を宗親に組み伏せられ、奪われた。

抵抗した際に盆の上でひっくり返した茶碗、零れたお薄の香りを、今でもまざまざと思い出す。

茶碗は祖父の自慢の一つである玄々斎《げんげんさい》のものだった。赤みがかった色目が趣深く美しい浅めの茶碗だ。

畳に押さえつけられて腰帯を解かれ、何がなんだかわからず激しく動揺し、また混乱して恐ろしさに息も詰まりかけた体をいきなり貫かれた。

あのとき受けた痛みそのものはもう忘れたが、自分の放った悲鳴はいまだに耳朶に残っている。

宗親は陶器の薬壺から掬い取った軟膏状の潤滑剤を使用した。それを用意したのも祖父だ。

抱くだけ抱いて、畳に伏してぐったりと身を投げ出している織に「いい体だ」と満足げに告げた宗親が客間を出ていったあと、織は見覚えのある薬壺を目にしてすべてを悟った。

自分は宗親に売られたのだ。

悔しくて涙が零れたが、織も普通の家に生まれ育った身ではなかったので、結局は割り切るしかないと自分を納得させた。

大切なのは家だ。流派を存続させることである。

いずれ跡を継ぐことになる織にとって、宗親を引き留めておくのは他の誰でもない自分自身の益のためだった。

宗親に抱かれること自体に嫌悪感はない。

早くも初日に淡い気持ちは打ち砕かれたが、年月を経た今でも心の奥底にほんのりと甘く苦い想いを忍ばせている。

ずっ、ずっ、と織の中を抜き差しし掻き回す指の動きが大きくなった。

「あぁっ、あっ……ん！」

すでに秘部は蕩《とろ》け、指より太く硬い物を欲しがるかのようにひくひくと収縮を繰り返している。

「もっと欲しいか、織」

「んんっ、……あ、あっ、あああ」

指が二本に増やされた。柔らかく貪欲になった後ろの口は宗親の細くて長い指を嬉々《きき》として受け入れ、食い締める。

「あぁぁ、いや、いやっ」

趣ある古びた仄暗い茶室に、織の切羽詰《せっぱつ》まった息遣いと艶混じりの喘ぎ声、淫らな湿り音と畳に着物が擦れる音とが、ひっきりなしに響いた。弱いところを手加減なしに責められると、狂乱するほど感じてしまう。

射精を促す部分を体の中から指で強く押し上げられ、織は腰を大きくはねさせて嬌声を上げた。先端の隘路《あいろ》からとろりとした液が零れ出てくる。

宗親はそれを指で掬い取り、顔を隠していた織の袖を払いのけると、薄く開いたままだった口元に押しつけてきた。

「舐めろ」

織は冷えた眼差しを注ぐ端整な男の顔を茫然《ぼうぜん》と見上げた。

潤んでかすんだ視界の中で、宗親が傲慢に微笑する。酷薄そうなのに綺麗で、どうしようもなく胸が騒いだ。

濡れた指を口に含む。

「んっ……ん、……う」

舌を絡ませ、丁寧に舐める。

「たっぷり濡らしておくんだな」

官能を刺激する声で耳元に囁かれ、織は腰のあたりをじゅんと熱くした。この先の手順を思うと、二本の指を銜え込まされたままの秘部が期待に疼く。

淫らな収縮が宗親に織がどれだけ昂揚しているのか、欲しがっているのかをつぶさに教える。

好き者、と罵《ののし》られても織には否定できない。

もしこれが川口組組長にされるのであれば、こんなふうに気持ちよくはなれなかっただろう。

いくら家のためと考えて辛抱しようとしても、義務感から人形のように抱かれるばかりだったろうと思う。

宗親は左の人差し指を舐めさせながら、奥を穿った右の二指を緩やかに抜き差しし続ける。

繊細な内壁を擦って刺激され、織は喘ぎながら口にした指をしゃぶった。

口角から滴り落ちた唾液を、宗親が顔を近づけ、舌を伸ばして舐め取る。

そんなふうにされると一度でいいから唇にキスしてほしいという気持ちが込み上げてきて、織はせつなくなった。

感情が昂っているせいか、たちまち目尻に涙の粒が浮く。いきなりこんなところで泣くなどみっともない。わかっていたが、止められなかった。

「もういい」

宗親が織の口から指を抜く。唾液の絡んだ指は濡れそぼって淫猥だった。

尻に銜え込まされていた指もいっきに抜かれ、織は抗議するとも縋るともつかぬ妖しい声を上げていた。

「そんなに寂しがるな」

すぐにもっと太いものを入れてやると言いながら、宗親は唾液でぐっしょり濡れた指を慎ましく窄まり直した襞になすりつける。

そうしておいて織の腰を捻り、俯せにさせた。

頭と肩は畳に落としたまま膝だけ突いて尻を高く掲げた姿勢を取らされる。

「ふふ、白くて美味《うま》そうな尻だ」

突き出させられた尻に宗親の手がかかる。

両手で薄くついた肉を鷲掴《わしづか》みにされ、割れ目を開かれる。

「い、……いや……、お願いです……！」

秘めやかな部分をとっくりと見られる恥ずかしさに、織は畳に頬を擦りつけ、やめてくれと哀願した。さっき湿らされた襞に空気を感じ、たまらない心地に陥らされる。

早く一思いに貫いてほしかった。

「物欲しそうにひくついている」

「やめて！」

言葉で嬲って辱められると、織は狼狽えて赤くなるばかりで、何も考えられなくなる。

「あの男もおまえみたいに色香があって淫乱なら、その気になって抱くのかな？」

宗親は別段織に答えを求めるふうではなく、ひとりごちた。

あの男、とはむろん東原のことだ。

織は我知らず畳に爪を立てていた。

いつもそうだ。宗親の頭の中に常に陣取っているのは、川口組の若頭、東原辰雄なのだ。たぶん、東原自身与《あずか》り知らぬところで、宗親は東原に激しく執着している。東原は自分の存在がこうまで誰かの意識を強く支配していることなど想像もしないだろう。

宗親が前をはだける気配がした。

開かれた中心に屹立した熱く硬い先端が押し当てられる。

宗親のものも先走っていた。

ぬめった感触を襞に受ける。

指とは比べものにならない大きさのものがぐっと押し込まれてくる。

「あああっ」

括《くび》れまで呑み込まされて一呼吸置き、その後いっきに根本まで突き入れられた。

強烈な摩擦に脳髄を貫かれるほど感じ、織は悲鳴とも嬌声ともつかぬはしたない声を上げた。

勢いで体が前にずれる。

そこを、腰を摑んで引き戻された。

手荒な動作で弾みがついて、いっそう奥深くまで抉られる。

織は堪え切れず涙を振り零すと、小刻みに喘ぎ、呻き泣いた。

「おまえはまだいくな」

宗親は床の間に生けられた笹に掛かった小さな茅の輪を手に取ると、丸めて留められていた茅を解き、張り詰めたままの織の陰茎の根本に巻きつけた。

何重にも巻いて固く結びつけ、隘路を圧迫して塞《せ》き止め、吐精できなくされる。

織は痛みに「ひっ……！」と尖った声を上げ、身を強張らせた。

そのため中に入っている宗親を強く引き絞ることになり、宗親は「うっ」と愉悦に満ちた呻き声を洩らすと、熱の籠もった手つきで今度は宥めるように織の前を手のひらに包んで撫でた。

「そう慌てるな。たっぷり突いてよがらせてやる。ここでイクのは最後だ」

宗親は柔らかな声で優しげに言い、織の髪をひと纏めに揃え直して肩から前に流させた。そうして露になった項《うなじ》に唇を寄せ、吸い上げる。腰も小刻みに動かしだした。

「うっ、……う、……あ、あっ」

次第に腰の動きが大きくなってきて、織は畳に立てた爪に力を込め、ザリッと引っ掻いた。

「あ、あぁっ、……やっ、……い、いやっ、あ」

「いや？　いいの間違いだろう？」

胸元に伸びてきた手が荒々しく襟を崩す。

手は無遠慮に中まで入り込み、裸の胸をまさぐられた。乳首をぎゅっと摘み上げられる。

「あっ、あ！」

「こんなところまで硬くしてたのか」

磨り潰すようにして苛《いじ》められ、強く引っ張り上げられ、織は喉を喘がせ、開きっぱなしの口から涎を一筋零してしまう。

乳首を弄ばれつつ体の奥を熱い塊《かたまり》で抜き差しされる。

織を容赦なく責め立てながら、宗親も官能に満ちた息をつき始めた。

「一度おまえをあの男に抱かせてみようか？」

荒々しく腰を動かす最中、宗親はとんでもないことを言い出した。これもまた織の意見を聞いたわけではなく、ただの独り言だとわかっていたが、織は思わず身を捩《よじ》り、「嫌です」と叫びたくなった。

確かに東原は強烈な存在感を持つ、めったにお目にかかれない男だとは認める。

心に想う相手がいなければ、織も抱かれることはやぶさかでないと感じただろう。

「俺のを何度も注いでやってるこの穴に、あの男の精も受けさせるか」

宗親は自分の思いつきにさらに気持ちを昂らせたらしい。

いっそう激しく腰を使いだす。

一突きされるごとに膝が浮きそうになり、体が前にずれるほどで、猛ったもので狭い通路を擦り立てられる刺激の苛烈さに、織は惑乱して意識が定かでなくなっていく。

急激に官能の波が押し寄せて、あっというまに高みに押し上げられる。

落ちる瞬間、織は事後どうなるのかわからない法悦《ほうえつ》に揉みくちゃにされ、恐ろしさに悲鳴を放つ。

快感で頭の中が真っ白に消し飛んだ。

「い、イクっ、いやっ……あぁ…っ！」

縛《いまし》められた陰茎がズキズキ痛んで織を苦しさに噎《むせ》ばせる。

それでもいく感覚は鮮烈にあり、またしても女のように後ろで極めたのだとわかった。

「いったのか。我慢できない男だな」

射精もなくいってぐったりとした織に皮肉を投げつけ、まだ達していない宗親は勝手に先にいったのを罰するように織の体を思うさま貪った。

「あぁ、も、……もう、……許して、ゆ、許してっ」

最奥を抉るように突き上げられるたび、織は泣きながら哀願した。

「も、もうだめ、解いて、解いてくださいっ」

括られたところから腐り落ちてしまいそうな錯覚さえする。

宗親は無視して最後まで自分の快感を追いかけ極めると、織の中に熱い飛沫を迸らせ、やっと一息ついた。

宗親がいった瞬間、織はほんの数秒意識を遠のかせていた。

体の中に放たれた熱いものを感じて気を取り戻したのだ。

ほうっ、と満たされ切った様子で宗親は織の中から柔らかくなった己を引き抜いた。

身を離された途端、織は膝を崩して腰を畳に落とし、淫らにはだけて着崩れした裾を直す気力もなく横倒れになった。

傍らでは、宗親が淡々と自分の着物の乱れを正している。

先に身支度を整えてしまってから、宗親は織の傍に寄ってきて屈み込んだ。

「大丈夫か？」

自分で無茶をさせておいて大丈夫かもないものだったが、織は黙って頷いた。

宗親の手で上体を抱え起こされる。

事後は宗親もたいてい優しい。こんなふうにされるので、行為そのものがどれほど酷くても、織はきっと宗親を嫌いになれずにいるのだと思う。

これでキスの一つでもしてくれたなら、もう織にはそれ以上望むことなどないのだが、さすがに宗親はそこまではしてくれない。

胡座をかいた膝の上に織を抱き上げ、股間の縛めを解く。

「……んっ！」

いっきに血が戻る痛みに織は眉を寄せて呻いた。

塞き止められていた白濁がゆっくりと滴り落ちてくる。

「辛かったか。ふふ、おまえが節操なしなのがいけないんだぜ」

宗親は酷いことを言いつつ、織の陰茎を絶妙な手つきで愛撫する。

たちまち快感が湧いてきて、織はあえかな声を洩らしながら宗親の胸に縋りつき、身を震わせた。

「あ、……だめっ、……あ、あっ！」

たいして時間をかけず、宗親の手に放ってしまう。

織は恥辱のあまり顔を伏せたまま上げられなかった。

「濃いな」

宗親は一言言うと、躊躇いもせず手のひらに受けた織の精を舐めた。

「やめてください……っ」

織は狼狽え、恥ずかしさも忘れて宗親の手首を摑み、口から離させる。

「なぜ？　おまえのだろう。俺はかまわないぜ」

「……私が嫌なんです」

「ふん。言うようになったな」

宗親は目をすっと眇めて憎らしそうに言いながらも、むしろ機嫌はいいようだった。

「おまえ、東原に抱かれてみるか？」

先ほどの思いつきまで持ち出して、からかいさえする。本気でないことは宗親の目を見れば織にはわかった。

「あいにくですが」

こくり、とそこで喉を鳴らし、織はそっけなく続けた。

「若頭さんにはどうやら意中の方がいらっしゃるみたいです。香西さんにまで冷やかされておいででしたから、私などにはきっと見向きもされないのではないかと」

たまには宗親に一矢《いっし》を報いてやりたい。その気持ちが織に、茶室にいるとき洩れ聞いた東原と香西の会話を話させた。

「……ほう」

宗親の顔が引き締まる。

目つきにも鋭さが増したようだ。

織は初めて目にする宗親のこの反応に、やはり宗親は東原に自分自身が抱かれたいのだろうと思った。嫉妬《しっと》がじわりと頭を擡げる。

「東原にそんな相手がいるのか。知らなかった」

「とても、その方のことを気にかけていらっしゃるようでした」

少しは宗親も敗北感を味わえばいい。傷つけばいいのだ。織はめったになく意地悪な気持ちになっていた。

宗親はじっと何事か思案しているようだった。

膝に抱いた織を離すことも忘れている。

織はそっと宗親の顔を見やり、遅ればせながら品のないことをしたと悔やみ始めていた。よけいなことを言うのではなかった。はっきりと内容を聞いて確かめたわけでもないのに、妙な感情の流れからつい下世話なことを喋ってしまったと反省する。

「あの……」

本当はちらりとそんな話を洩れ聞いただけなのだと織が訂正しようとした矢先、「ああ」と宗親は我に返り、織の体から腕を離した。

そのまますっくと立ち上がる。

「邪魔したな」

織はにじり口から出ていく宗親を、なぜと説明できない漠然とした胸騒ぎを感じつつ、黙って見送った。

3

「くそう、またか!」

東原《ひがしはら》が事務所のドアを引き開けたとき、ちょうど芝垣《しばがき》は電話を叩き切って悪態をついたところだった。普段は至極冷静な若頭が珍しいこともあるものだ。

「どうした?」

「あっ、親父さん」

芝垣は東原に声をかけられるまで気づかなかったことを恐縮し、面目《めんぼく》なさそうに礼儀正しくきっちり頭を下げた。

「すいません、不作法しちまって」

歳は東原より五つ六つ上だが、なにかと気苦労が多いせいか、芝垣はそれよりもう少し老けて見える。東原とはかれこれ十年来の仲で、強い絆で結びついているのを感じている。

「揉め事か?」

かまわずに東原は切り込んだ。

はい、と芝垣が神妙な顔をする。

「三輪組《みわぐみ》のやつらです」

「またか。しつっこい連中だな、ったく懲《こ》りもせずによ」

東原は事務所の奥にある本革張りの黒いソファに身を投げるように腰を下ろすと、畏《かしこ》まっている若中《わかちゅう》らを顎の振り一つで、あっちに引っ込んでろと隣の待機室に追い払った。

「親父さん、今、茶でも淹《い》れさせますんで……」

「いらん。さっき黒澤運送《くろさわうんそう》で飲んできた。それより続きだ」

「はい」

芝垣はすぐに気を取り直し、今し方受けたばかりの電話の内容を簡潔に説明し始めた。

三週間以上前に起きた発砲事件以来、東雲会《しののめかい》と三輪組との小競り合いは増える一方だ。事件そのものは、両者の間ですでにケリがついている。撃った東雲会の構成員は傷害罪と銃刀法違反で逮捕され、現在裁判中だ。刑が確定すれば何年か服役することになるだろう。さらに話し合いの結果、東雲会から三輪組に見舞金を支払ってオトシマエをつけた。

お互い下の者同士の争い事だったので、これで十分、後腐れはないはずだと踏まえていたのだが、今回は勝手が違っていた。以降も三輪組の下っ端連中が、ケチな難癖をつけてきては東雲会の下っ端に絡み、あちこちで不穏の種をばらまくのである。

「挑発してきているわけか」

「おそらくは」

「ふん」

東原は相手方の底の浅さを嘲笑《あざわら》い、「安く見られたもんだぜ。なぁ？」と芝垣に振る。

芝垣も真面目一徹という顔つきに苦笑を浮かべ、そうですねと同意した。

「小せぇ喧嘩《けんか》をうるさく吹っかけて、まずは幹部連中を腹に据えかねさせて引きずり出し、最後は俺やおまえを担ぎ出させようって魂胆《こんたん》か。ばかばかしい」

「問題は歌舞伎町《かぶきちょう》でのシノギの削り合いです。さっきの電話、かけてきたのは町田《まちだ》って若中だったんですが、今月の会費が期日までに納められない、少し待ってくれってんですよ。どうしたんだってわけを聞いたら、三輪組の連中に次々とカスリを横取りされてって、気がつくと従来の二割ほどの収入源をなくしてたらしいです」

「なんだそれは。情けねぇやつだな」

東原は不愉快を露《あらわ》に眉を顰《ひそ》めた。頭を働かせない男、腰が重くて行動力のない男というのは元来好きではない。己に厳しい分、他人にもある程度のことを求めるのが東原の流儀だ。

「歌舞伎町が特殊な場所で、昔から利権争いが絶えないのは確かですがね。あそこは他のトコみたいにどこそこの組の縄張りだって確実なもんがない。クラブやバーや飲食店なんかからカスリを取るのだって言ってみりゃ早いモン勝ちです」

およそ五千軒あまり水商売関連の店がひしめく歌舞伎町で、そのうち千軒ほどが毎年入れ替わる。確固としたシマという観念がほぼないに等しいため、カスリと呼ばれる月々定額の保護料を店からもらうには、新規オープンする店にいち早く足を運ぶことがポイントだ。どこよりも先に店主と話をつければ、万一後から「この辺一帯はうちが見ている」などと新宿《しんじゅく》にシマを持つ組や出入りしている組が利権を主張してきても、話し合いでカスリの何割はこっちがもらう、と持っていくことができる。収入源が確保できるのだ。

「まぁ、中には以前商売していたとき世話になってた組に最初から相談する店主もいますが、その場合でもそっちの組が仁義切って、ヘタな揉め事起こさないようにするのが普通ですよ。ところがあいつらはそれをまったく無視しやがる。昔っから新宿に強い菊地組《きくちぐみ》と友好関係にあるのを笠に着てやりたい放題だ」

「しかも、うちに対してばかしあれこれ仕掛けてきやがるってわけか？」

「ええ。わざと煽《あお》っているとしか思えませんよ」

「セコイことしやがるぜ」

「うちは親父さんの手腕で新宿じゃあもっと大事に絡むのが常で、カスリ取りみたいなちまちましたことには元々長けてないかもしれません」

だが、それでは下の者たちは月の会費、いわゆる上納金を納めるのに苦労する。東雲会自体は底地買いや巨大な利権の絡むビルやホテルの建設などのような規模の大きい案件に顔を出し、桁違いの利ざやを得ていて安泰だが、それと各構成員に義務を果たさせるのとは別問題だ。決して無理な金額を吹っかけているのではないし、場合によっては情状酌量《じょうじょうしゃくりょう》することもあるのだが、それも毎回というわけにはいかない。稼ぎがなければ困るのは自分たちだ。日々の生活がかかっている。カスリ取りとはいえ決して侮《あなど》れない。東雲会の面子《メンツ》にも関わってくることだ。

「どっちにしろこの件は下同士でなんとかうまくやらせろ。町田には、今回は大目に見るが二度はないぞと言っておけ」

「はっ。ありがとうございます、親父さん」

畏まって深々と頭を下げる芝垣の前で、東原はそれとは別件でふっと重苦しい息を吐く。

歌舞伎町内でのあれこれはさておき、成田《なりた》や菊地らが裏で糸を引いているとしか思えない不都合が他にもいくつか起きていて、次から次へと対応を迫られる。さすがの東原も少し疲弊《ひへい》気味だった。これ以上の揉め事はごめんだぜと、珍しく本気で思っていた。

「最近本家のほうはどんなふうですか。こっちにまで眉唾《まゆつば》な話がちょいちょい流れ聞こえてきてますが……？」

「成田組が造反《ぞうはん》しかけてるってぇ噂でも流れてんのか」

「や、そこまでは」

東原の皮肉めいた冗談に芝垣は弱った顔で五分刈りにした頭を掻く。

芝垣は左利きだ。上げた手の指に金色の細い指輪が嵌《は》まっているのが目についた。艶消しされたシンプルなものだ。いわゆる結婚指輪である。

「べつに本家も成田の叔父貴んとこも特別変わったこたぁない。いつものとおりだ」

「そうですか。でしたらいいんですが」

「おまえんとこの娘、そういや今年から高校生だそうじゃねぇか。これからますます金かかるな」

指輪を見て芝垣の家族を頭に浮かべた東原ががらりと話を変えると、芝垣はさっきよりさらにバツの悪そうな顔をして、照れくさげに「はぁ」と返した。返事はしゃきっとしないが、親分に家族のことを聞かれ、まんざらでもなさそうだ。幸せが無骨《ぶこつ》な顔いっぱいに表れる。

自ら話題を逸《そ》らし、芝垣に娘やその下にいる息子のことをさらに続けて聞きながら、東原は内心ひそかに苛立っていた。

名義や代表者は違っても実質東原が所有する土地や株、企業などに、ここ最近ずっと、次々に面倒が起きている。誰かのタレコミを受けたらしい警察の突然の強制捜査、執拗《しつよう》なクレーム、株の買い占めなど、あの手この手で経済的な揺さぶりをかけられる。特に不本意なのは、東原の一番の所得源となっている、茨城にある名門カントリークラブに対しての様々な横槍だ。この渋い時勢でもゴルフがブームだった頃に劣らぬ稼働率と会員権の高い価値を維持しているクラブで、ここで集める会員資格保証金だけで東原はおよそ三百五十億もの金を得ている。そこについ一昨日警察が入ってきて、ゴルフ場開発に関して、当時審議会委員への贈賄《ぞうわい》があったのではないか、とする捜査を始めたのだ。

おかげで東原は対応に追われ、昨晩は結局一睡もしていない。疲れが出るのも当然だった。

おそらくここにも成田が関わっており、裏から手を回しているに違いないと踏んでいる。

だが、それを芝垣に話して煩《わずら》わせるつもりはなかった。それより芝垣には、露骨《ろこつ》な攻勢を仕掛け続ける三輪組をこれ以上のさばらせぬよう対処させるのが先決だ。自分のケツは自分で拭う。東原には常にその覚悟ができている。

「……って感じでいろいろ大変なこともありますが、結局あいつらがいるから俺も体張ってやれるんだなと思いますね」

「そうか。なんかちょっと羨《うらや》ましいぜ」

「親父さんのほうはどうなんですか。そろそろ一人に絞って所帯をお持ちになられては?」

「今んとこ、そこまで思うオンナはいねぇんだ」

東原は毎度この話になるたび口にしているお決まりの文句で芝垣をあしらった。

昔から女にはもてるほうだ。クラブに行けばたいがいの女は落とせる。もちろん中には東原がコナをかけても勿体ぶりたいのかすげなくする女もいるのだが、東原はそういう女を口説いて自分のものにしようとまで思ったことはない。来る者は拒まず去る者は追わず。オンナなんかにいちいち甲斐甲斐《かいがい》しくしていられないというのが本音である。

ずっとそれでやってきたが、唯一の例外は貴史《たかふみ》だ。

元々男の愛人とは、女の場合よりもっと即物的で刹那《せつな》的な付き合いをすることが多い。一晩抱けば次の朝には名前も覚えていないのが普通だ。どれほど綺麗《きれい》で気立てがよく、セックスを楽しめた相手であっても、何度も会おうとは思わなかった。

ところが貴史には最初からかつてない執着が湧き、ごく一部の人間を除いては明かしていない携帯電話の番号を教える気になったのだ。そして一週間連絡なしの状態で無視されると、痺《しび》れを切らして隣県にある別荘に無理やり連れてこさせ、自分から二度目を迫った。

惚れているのだろうか、と東原も半年以上経つ今では考えざるを得なくなっている。

オンナの話になると必ず貴史のことを頭に浮かべるのは、貴史を特別な存在だと感じているからに他ならないだろう。

そういえばかれこれ二十四、五日会ってねぇな、と東原は前に呼び出したのがいつのことだったか記憶を手繰《たぐ》り寄せた。一月近くも顔を見ずに過ごしたのかと思うと、会いたい気持ちがじわじわ込み上げてくる。

最近どうしているのか。貴史はまず自分からは連絡してこないため、東原が気を向けない限り今どんな状況かもわからない。

勤め先である白石弘毅《しらいしこうき》弁護士事務所を来月五日付で辞めると言っていたが、そうすると残り一週間に迫っていることになる。

辞めようと思っていると貴史から告げられたとき、東原は特に何も言わなかった。貴史の口調はすでに決意した人間のもので、相談されているふうではなかったからだ。すでに自分で決めているのなら反対しても無意味だろう。その理由もない。貴史は一人でも十分弁護士としてやっていけるはずだ。独立した暁《あかつき》には、今まで大事も小事も全部白石に振っていたのを、一部貴史に任せようとも考えている。むろん、貴史がヤクザの顧問弁護士だなどと陰口を叩かれるのを厭《いと》わなければ、の話だが。

——今夜あたりまた「来い」といつものホテルに呼びつけるか。

いや、と東原は思った端から考えを変えた。

とにかく今は一時も気が抜けない踏ん張りどころに来ている。オンナになどかまっている余裕はない。

貴史に会うのは目の前の山を越えてからだと気持ちを押しとどめた。

*

駅から離れた夜道を一人で歩いていると、あれこれ考えてしまって気分が塞いでくる。

あと一週間ほどで馴染んだ事務所を辞め、新しい環境に身を置こうとしているからだろうか。

貴史は先の見えない不安を薄暗くシンとした道行きに重ね、物思いに耽《ふけ》った。

「土壇場《どたんば》で気を変えたからって俺はいっこうにかまわない。正直、執行《しぎょう》には考え直してほしいと思っている」

事務所を出る前、白石にかけられた言葉が頭を過《よぎ》る。

白石が貴史にこんなふうに言うのは、もうこれで二度目だ。白石自身、慰留するなど自分らしくないと感じているらしく、この話になると微妙に躊躇《ためら》いがちになる。言いたくはないが言わずにはいられないといった気持ちの鬩《せめ》ぎ合いがあった末、口に出しているようだ。

貴史は白石の気遣いをありがたく受け止め、懐《ふところ》の深いところを示されるたびにいったん決めたはずの退職の意思を揺らがせかける。

おそらく白石が考え直さないかと言う理由は、貴史がまだ独立してやっていくには時期尚早《じきしょうそう》だと思うからではないだろう。普段仕事で遣《や》り取《と》りしていて、白石が貴史の実力を信頼し、戦力としてある程度当てにしてくれていることは、直接言葉にされなくとも察せられる。

となると、他に考えられる原因は一つだけだ。

白石は貴史と東原の関係に気づいており、黙って素知らぬ顔をしているのが心地悪いのに違いない。かといって面と向かって「あの男と会うのはよせ」と言えた義理でもなく、せめてもう少し傍《そば》にいて様子を見守りたいと珍しくお節介ぶりを発揮しているのだろう。

そんなに自分は世間知らずで危なっかしく映るのだろうかと、貴史は苦笑した。

これでも学生時代には、探偵事務所などという少し変わったところでアルバイトをしたり、『東南アジア青年の船』に乗ってアセアン各国を訪問したりといったような、普通とちょっと違った経験も積んでいる。それなりに世間も知っているし見聞も広いつもりだ。

もっとも、ヤクザと関わり合いになったのは東原が最初であるのは確かだ。

初めてにしては東原という男は多分に危険すぎたかもしれない。

あれほどの存在感を放つ人間はそうそういない。あっというまに呑まれ、引き寄せられ、取り込まれてしまった。あらためて考えてみても、見事と感心するほかない落とされ方だ。

ヤクザに惚れた——それも男の身で、性的な意味合いで。

貴史は皮肉っぽく唇の端を吊り上げた東原の顔を思い浮かべた途端《とたん》、下腹のあたりがじゅんと熱く滾《たぎ》るのを覚え、狼狽《うろた》えた。

自宅へと向かう途中いつも通る道は、午後十一時を過ぎると人通りはもちろん行き交う車もめったになくなり、一定間隔に設《もう》けられた街灯だけが青白い光を投げかけている。擦れ違う人に、動揺して情けなくなった顔を見られる心配がなくて助かった。

東原のことを考えただけでこんなにも体が熱くなり、快感を受けたとき同様に肌が粟立《あわだ》つ。ろくでもない、自分勝手な男と承知しているはずなのに、このざまなのだ。

悔しさと共に自制心を保てないことへの恐怖と嫌悪を感じる。

まだ半年だ。今なら、もしかすると離れられるかもしれない。貴史はあえて別れるという表現を使わずに考えた。別れるというからには付き合っている自覚がなければおかしいからだ。貴史は東原から一度もそんなきちんとした関係を示唆《しさ》する素振りを見せられたことはなかった。いつも突然呼び出され、ベッドでさんざん乱された挙げ句、寝込んだ隙に去られているばかりだ。車に同乗したこともなければ向き合って食事をしたこともない。

詰まるところやはり、体だけいいように弄《もてあそ》ばれ、慰み者にされている、東原にとって便利な存在なのだろうと貴史は自嘲《じちょう》する。

ときどき虚《むな》しくてたまらなくなる。心に冷たい風が吹き抜ける心地だ。しかしそれも、東原みたいな男の手に落ちたときから、予測できていたことだ。

前に東原と会った日からすでに三週間以上経つ。その前は二週間だった。

だんだん呼び出しの間隔が開いてきていることが、貴史を不安に陥《おとしい》れ、せつなくてたまらなくさせる。

もう次はないのかもしれない。こんな中途半端な気持ちにされたまま、一人でケリをつけるしかないのか……。

そんなふうに思うたび、どれだけ自分が東原に取り込まれているか、忘れようにも忘れられなくされているのかを痛感する。なんとかしてこの気持ちから逃れたいと焦ったことも一度や二度ではない。

駅から徒歩十分の場所に建つ、貴史の住むマンションが見えてきた。緩やかな坂の途中にある十階建てビルのため、角を曲がる前から上層階が目に入る。薄いグレーの建物は、ところどころの窓に電灯の明かりを残し、闇の中に鎮座《ちんざ》している。

今夜は月が出ていないんだなと、貴史は遅ればせながら気づいた。

たまたま今はやんでいるが、今日は朝からずっと雨模様で、雲の垂れ込めた空には星の一つも瞬いていない。湿気を孕《はら》んだ温《ぬる》い風が、ときどき貴史の頬を撫でて過ぎる。当分梅雨《つゆ》は明けそうになかった。

緩い坂へと続く道の角を曲がる。

曲がったところの左手に、いつもは見かけない黒い車が後ろ向きに一台停まっていた。大型の立派な乗用車だ。

黒塗りの車に、貴史は以前苦い思いをさせられた覚えがある。

すうっと背後から近づいてきた車に行く手を阻《はば》まれ、降りてきた男に促されるまま半ば無理やり乗せられて、東原の許へと連れていかれたのだ。男たちによる見事な連携プレー、そして手際のよさだった。これがヤクザが人を拉致するときの手口の一つかと妙に感心した。しかし、二度と再び同じ目に遭《あ》わされてはたまらない。

貴史は用心深く車が停まっているのとは反対側の端を歩き、通りすがりにちらりとだけ横窓を流し見た。窓には濃いスモークガラスが使われており、夜中に外から車内を覗こうとしてもほぼ何も見えなくされている。人が乗っているのかいないのかもわからなかった。

自然と貴史の足取りは速くなった。

具体的に何がどうというわけではないのだが、少しでも危機感を覚えると、なるべくそれを回避すべく体が動く。気持ちも急《せ》いたが、それは落ち着けと自らに言い聞かせ、抑えようとした。

車の傍を通り過ぎ、五メートルほど行ってようやくホッとしたのも束の間。

静かな住宅街にいきなりエンジンのかかる音が響く。

さっきの車だ。

やはり誰か乗っていたらしい。

貴史は背後を振り返り、車を確かめた。

車はエンジンをかけたきりですぐに動く気配はない。ヘッドライトも点《つ》いていなかった。

気にしすぎか、と貴史が前方に顔を戻しかけたところで、突如パアッと強い光が貴史のいると
ころまでを照らし出す。ヘッドライトをハイビームにした状態で浴びせられたのだ。

まずい——！

尋常ではない予感に、貴史は一瞬身を強張らせたものの即座に気を取り直し、一刻も早くこの
場を離れなくてはと足を踏み出しかけた。

するとそこへ、今度はすぐ前方にある脇道から大柄の男が一人、ヌッと現れた。

貴史はぎょっとして息を呑み、その場に固まったように体を動かせなくなってしまった。

背後からはザリザリとアスファルトを踏みしめるタイヤの音をさせながら、ゆっくり車が近づ
いてくる。

前には黒スーツ姿の巨漢が壁のように立ちはだかり、後ろから徐行してきた車は真横で停まる。

停車すると同時に後部座席からも黒服の男が二人降りてきて、貴史を三人で囲んだ。

「な、なんですか、あなた方は！」

声が出せただけでもすごいと我ながら思う。

貴史は三人に素早く視線を巡らせた。

こんなふうにいきなり行く手を阻まれるのは二度目だ。いずれも東原と関わりを持ってからで、つくづく普通の世界にいる男ではないのだと嚙みしめさせられる。男たちの発する威圧に満ちた雰囲気、冷たく無情そうな目つきを目の当たりにすれば、東原絡みでこうした目に遭っていると しか考えられなかった。

「弁護士の執行貴史さんだな？」

「……それが、なにか？」

後から来たうちの一人に低く押し殺した声で確かめられ、貴史は精一杯冷静な振りをして逆に聞き返した。視線は口を開いた男にひたと据えたままだ。いくぶん睨みつけるようにする。ここで怯えた態度を見せるのは貴史の矜持《きょうじ》が許さなかった。簡単には言いなりにならないぞという気迫を感じさせ、少しでも牽制《けんせい》しておきたい。

「インテリさんのわりに生きがいいな」

喋《しゃべ》るのはこの一人だけで、他の二人はピクリとも表情を動かさない。そのへんのチンピラが絡んでくるのとは違う統制の取れ方で、凄まれているわけでもないのに背筋が寒くなってきた。下手に逆えばたちまち捕《と》らえられ、身動きできない状態で車の中に連れ込まれるだろう。極力刺激してはいけないと感じた。

貴史は唇をきつく引き結ぶ。

いったいこの男たちは何者なのか。何が目的なのか。貴史は必死で頭を働かせる。

はっきりした根拠はないが、どうやらこの連中は東原が使いとして寄越《よこ》したわけではなさそうだった。前に接した男たちとは匂いが違う。第一、東原がこんなふうに手の込んだまねをする必要は皆無だ。以前とは状況が違う。今なら東原は電話一本で貴史を呼び寄せられると承知しているはずである。

もしかすると東原と敵対している人物の手の者たちかもしれない。

その可能性に至るや、貴史は全身にじっとりと嫌な汗を掻いた。

本当にそうだとすれば、どんな扱いを受けるか知れない。取引に使われるのか、見せしめに酷い目に遭わされるのか、何にしろ無事には帰してもらえまい。

貴史は、現在東原が安寧《あんねい》としていられない事態に直面しているのを知っている。一昨日も東原の持つ会社に警察の捜査が抜き打ちで入った。白石に連絡が来たのを聞いていて、貴史はひっそり気を揉んだ。それ以外にもあれこれ下の者同士を含め利権絡みの争いが絶えないらしい。東原が長らく連絡してこない理由の一つはおそらくそれだろうと、貴史も自分への慰めを込めて推察していた。

捕まるわけにはいかない。もし捕まれば、きっと東原に迷惑がかかる。貴史は強く思い、頬の肉を内側から噛んだ。

どうにかして逃げたいが三人にはまるで隙がなく、貴史は焦る一方だった。

「このままおとなしく、俺たちと一緒に来てもらおうか」

男が初めて貴史に凄みを含んだ口調で言った。有無を言わせぬ、恐ろしい調子だ。睨み据えてくる目つきの迫力も尋常ではなかった。

さすがの貴史も、思いとは裏腹に身を硬くしたきりで逆らえない。

三人に囲まれたまま肩を小突いて歩かされ、すぐ傍に停まっている車の後部座席に押し込まれる。

貴史が乗り込んだ直後に、左右から同時に貴史を挟む形で二人が乗ってくる。貴史に話しかけてきた男は助手席に座った。

運転席で待機していた男がすぐさま車を発進させる。

目つきの悪い男四人に完全に包囲された状態で、貴史はどこへとも知れぬ場所に連れていかれるはめになった。

車が走り始めてすぐ、左右を占めていた男たちが所持品検査をするように慣れた手つきで貴史の体に触れ、あっというまにポケットに入れておいた携帯電話を探し当てて取り上げられた。

右側の男が勝手に電源を切り、自分のポケットにしまう。

これでもう、連絡も容易に取れなくなった。

貴史はしっかりしろ、きっとなんとかなると自分を勇気づけながらも、動悸の激しさに息が詰まりそうな心地がしていた。

＊

「ああ、……ああ、わかった。今のところ押収された書類に不審な点は見つかってないんだな？」

六本木《ろっぽんぎ》にある東雲会の事務所の執務室で、東原は椅子に沈み込むように背中を預け、懇意にしている警察官僚と電話していた。両足は靴を履いたまま無造作に机の上に投げ出し、頭を傾けて受話器を肩と頬で挟んで喋りながら、ヤスリで爪を整える。

「……ふん、まぁ当然の結果だ。引き続き何か動きがあったら教えてくれ」

東原は話を終えると受話器を戻した。

その直後に、トントンとドアがノックされる。

入ってきたのは若頭補佐の納楚《のうそ》だ。

「どうした？」

東原は納楚の顔が僅《わず》かながら引き攣《つ》り、緊迫感を漂わせていることに気づくと、眉を顰めた。

何か大変なことが起きたらしいと察する。

納楚は素早い動作で東原の傍《かたわ》らに近づくと、内密の話をするように声のトーンを低くした。

「執行貴史が何者かに攫《さら》われました」

「なんだと？」

前置きもなにもいっさいなしに予想外の報告を受け、東原は驚いてカッと目を見開いた。

机に上げていた足を下ろし、椅子に深く座り直す。

前から自分の側に引き込んでおいた警察庁の高級官僚のおかげで、どうやらカントリークラブ絡みの捜査は何事もなく片づけられそうだと、つい今し方一息ついた矢先である。爪の手入れなどしながら久々にゆったりした気持ちでいたところに、またもや冷や水を浴びせられた心地だ。

しかも、今度狙われたのは、他でもない貴史だという。

「いつだ?」

自分でもびっくりするほど鋭い怒声が口を衝《つ》く。

驚きの後には、制御できない憤《いきどお》りと、しくじったという後悔が湧き起こる。

「一時間ほど前だそうです」

すみません、と納楚が深々と頭を下げて詫びる。

「親父さんにはご相談せず、わたしの独断であの方の身辺を若い衆に見張らせてました」

「ああ、わかった。そいつはいい、むしろ礼を言う。で、どこのどいつが攫ったかわかったか?」

「申し訳ありません、確かめられませんでした」

貴史は勤め帰りに自宅マンション付近の路上で拉致されたそうだ。十メートルほど離れてついていっていた納楚の手の者が角を曲がってみたときには、すでに貴史は黒服を着た男たちにせっつかれて車に乗せられるところだったという。特に争いも悲鳴もなく、それこそあっというまの出来事で、しまったと狼狽え、後から車で来ていたもう一人の若い衆と一緒に、走りだした黒のマークXを追ったが、一時間あちこち引き回された挙げ句撒《ま》かれてしまったらしい。

東原はチッと鋭く舌打ちした。

「まんまとしてやられたな」

「向こうはあらかじめ十分下調べしていた様子です。我々が尾《つ》けていたのも最初から承知していたような動きをしています」

「なんだってあいつに目をつけやがったんだ……！」

歯軋《はぎし》りしつつ唸《うな》った東原に、納楚は遠慮がちに答える。

「親父さんをよく知る者でしたら、脅しをかけるために誰を攫うのが今最も効果的か、読めたのではないかと」

「馬鹿を言え。俺がいつ執行をそんなふうに扱った？」

頻繁なときでも週に一度、ホテルに呼んで抱くだけだ。物を買ってやったこともなければ旅行に連れていったこともない。一緒にお茶を飲んだことすらないのになぜだ、と東原は納得しかねて抵抗した。

「逆にそのお気遣いぶりに目を留めて、執行貴史を親父さんの特別な相手だと考えた者がいるんだと思います」

「気遣う？」

咄嗟《とっさ》に、そんなつもりはないぞと切り返しかけたが、東原は寸前でぐっと思いとどまった。はっきりと意識していたわけではないのだが、言われてみれば確かに万一の事態を慮《おもんぱか》り、あえて貴史を突き放すようにして付き合っていたかもしれない。

東原が口を噤《つぐ》んだのを見て、納楚はさらに続けた。

「わたしや若頭にも、親父さんがあの方に他の誰に対するのとも違う気持ちの入れ方をされているのはわかってました。だからわたしは勝手さしてもらって、あの方の身に変なことが起きないかどうか見張らしてたんです。今ちょっとうちの周囲できな臭いことが続いてましたんで」

「誰だ、そこまでして俺に盾突《たてつ》こうとするやつは」

無関係な一般人を巻き込む遣り口の汚さに、忌々しさと苛立ちを感じて唾棄《だき》しつつ、東原は椅子を蹴る勢いで立ち上がった。

「三輪組のやつらか……いや、ねぇな。あいつらにそこまでやる度胸があるとは思えねぇ。この俺を真っ向から敵に回す覚悟がハナからできてりゃ、歌舞伎町でやらかしてるようなセコイまねはしてねぇだろう」

そのまま応接セットの置いてあるあたりを急いた足取りで行き来する。

とうていおとなしく椅子に座っていられる心境ではなくなっていた。

足を止めることなくあちらこちらへと意味もなく動き回りながら、あれこれ思考する。

それを納楚は執務机の手前に直立不動で立ち、不安げな面持ちで見守っている。

「やっぱり成田の叔父貴の差し金か。それが一番しっくりきそうだな」

今までにも陰に隠れてありとあらゆる手を使い、東原の信用を失墜《しっつい》させようとしたり、事業に打撃を与えて経済的に困窮《こんきゅう》させようと謀《はか》ったりなど様々なことをしてきたが、そのことごとくが失敗に終わっている。この際なりふりかまわず卑劣な手段を用いることにしたとしても、いささかも不思議はない。直接手は下さなくとも、配下の連中に一声かけて命令すればすむ話だ。

もし本当に成田だとすれば、貴史を捕らえてどうするつもりなのか。

閉じ込めて、東原に無理難題を吹っかけ、その結果東原が自分の思い通りにならなければ貴史にリンチを加えると脅す——おそらくそんなところだろう。

苦痛に歪んだ貴史の顔が脳裡《のうり》に浮かび、東原は全身の毛が逆立つような心地を味わった。

東原の面目にかけても、貴史をそんな目には遭わせられない。

「もし成田の叔父貴の仕業《しわざ》なら、都内にいくつか構えている事務所のどれかに貴史を連れていったんだろうな」

「一刻の猶予もありません。片っ端から若いモンに探らせましょう」

すかさず納楚が緊迫感を帯びた声で言う。

成田の残忍さ、容赦のなさは周知の事実だ。こっちの世界の人間でも、その非情さに恐れをなして言いなりになる者は多い。納楚も貴史の身の安全を心配したようだ。東原にとって貴史が大切な人間と承知した上でのことである。

「いや、待て。闇雲《やみくも》に動いたところで無駄が多いだけだ。成田組の事務所は東京近郊の出張所まで含めたら五つか六つある。それに、息のかかった中内組《なかうちぐみ》、菊地組、前橋組《まえばしぐみ》の事務所まで加えて考えるとすれば、可能性のある場所は十を超える。現状それだけの手間はかけられない。無理にそっちに若いモンを駆けずり回らせてる最中に、またどこかが別の方向から何か仕掛けてきたらどうする。落ち着いて考えりゃわかることだろうが」

「陽動作戦かもしれないってわけですか」

ああ、と東原は仏頂面《ぶっちょうづら》をしたまま頷く。

「どこのどいつが執行を攫ったにせよ、今晩か明日の朝にでもきっと取引を持ちかける電話をしてくるだろう」

「そうですね」

納楚も落ち着きを取り戻したらしく、いつもの調子で慎重な相槌《あいづち》を打つ。

「行動を起こすとしたら、それを待ってからだ。相手の正体がわかれば手を打つ範囲は自《おの》ずと決まってくる。誰の仕業かもわからずに暗闇の中を手探りするよりよほど効率がいい。その代わり、向こうに動きがあったらこっちもすぐさま対応できるようにしといてくれ」

「もちろんです。親父さんが交渉なさっている間に、必ず我々で執行の居場所を突き止め、先に救出してみせますよ」

納楚の返事はいささかの躊躇いもなく頼もしい。

「悪いな、納楚」

「とんでもないです。あいにく若頭は札幌《さっぽろ》に出張中ですし、三輪組とのいざこざもまだ潰《つい》えておらず当面油断はできませんが、やれるだけのことはこっちでやらしてもらいます」

「しかしだな、こいつは東雲会に直接関係あることじゃなく、俺個人に恨みを持つ第三者の仕業かもしれねぇんだぞ？」

「だとしても、うちは皆、親父さんの役に立ちたくていつもうずうずしてるモンばかりです。お気遣いなく」

そこで納楚はいったん言葉を途切れさせると、心から申し訳なさそうな顔つきになって続けた。

「そもそも、見張りがもう少し役に立ってれば、こんなことにはならなかったんです。本当に面目ない限りです」

「気にするな」

もとはといえば東原が、貴史にまで手が及びはしないと高を括《くく》って何も備えておかなかったのが迂闊《うかつ》だったのだ。

よもや誰かがここまで今の東原に刃向かってこようとは予想もしなかった。川口組若頭《かわぐちぐみ》という立場に少なからず甘えていたかもしれない。

「とりあえず待機だ。電話が入ったらすぐ俺に回せ」

「はっ、承知しました」

一礼するなり、納楚は入ってきたとき同様に俊敏な身のこなしで出ていった。

東原は気難しく眉根を寄せたまま机の端に尻を浅く載せ、胸の前で腕を組む。

納楚にはああ言ったが、一分一秒でもじっとしていられない心境なのは東原自身だ。

本当に成田の仕業だろうか。

夜道で貴史を襲って連れ去った連中を、見張りをしていた若い衆は見覚えのない男たちだったと言ったらしい。成田と関係した手の者かどうかはわからないが、ことごとく反目し合っている現在の状況からして、成田が一枚噛んでいる可能性が高いのは事実だ。

とにかく相手からの連絡を待たなければ具体的に指示が出せない。

連絡は必ず来るはずだ。それまで、誰が首謀者であるにしろ、貴史を不必要に傷つけるとは思えない。交渉の際、すでに傷つけたとわかれば、それこそ東原は容赦しない。草の根を分けてでも捜し出して報復する。東原のこういったことに関する執念深さと非情さは、その筋の人間なら知らぬ者はないだろう。

腰を据えて待てばいい。

そう思う一方、先ほどから得体の知れない胸騒ぎがして、どうにも落ち着けない。

東原は目を閉じ、片っ端から自分に恨みを抱いていそうな人物を思い浮かべ、その中の誰が貴史を拉致することができるか考えていった。

正直なところ、恨み辛《つら》み妬《ねた》みの類《たぐい》は掃いて捨てるほど買ってきている自覚がある。

過去を数年遡《さかのぼ》っただけでも、他に誰がいるだろうかと記憶を手繰《たぐ》り寄せる必要もないほど、次々と思い当たる節のある相手が出てくる。

我ながらたいしたもんだと東原は自嘲するほかない。

よくまぁ貴史は自分のような極悪な男に黙って抱かれ続けているものだ。感心する。悪趣味なやつめと揶揄《やゆ》してやりたくなる。

嫌だと言って拒絶すれば、もしかすると東原も貴史にかまうのをやめ、また別の男か女を手に入れようとしたかもしれないのに、馬鹿な男だ——いったんはそう思ったが、東原は次の瞬間、それはやはり欺瞞《ぎまん》だなと否定した。

東原には今のところ貴史を手放そうという気持ちは湧かない。ただのひとかけらも思わない。それどころか、強引に引きずってこさせてでも自分のものにし続けるだろう。

貴史に関しては、東原は自分でも呆れるくらい熱くなる。

東原としては普段こんな激情は隠しおおせているはずだと思っていたが、長い付き合いになる側近の芝垣や納楚の目はごまかせなかったらしい。

参るぜ。東原はひとりごちた。

いつのまにかすっかり貴史に心を奪われてしまっている。

今、東原はそれをまざまざと自覚させられた気分だった。認めるにはいささか勇気が必要だが、認めざるを得ない。

誰かに対してこんな想いを抱くのは、もしかすると初めてかもしれない。

今まで数限りない男や女と寝てきたが、ベッドを離れてまで相手のことを考えたことはまずなかったし、二度三度と自分から求めて連絡したこともなかった。

黒澤遥《はるか》に感じる気持ちともはっきり違う。もしかすると似ているかもしれないと思っていた時期はあったが、貴史と一緒にいる期間が長くなればなるほど、似て非なるものだというのが明らかになってきた。

遥に対して抱くのは、恋愛感情と友情のまさに境界線に立っている微妙な気持ちだ。どちらかに傾きそうで傾かない不可思議な関係が面白くて心地よいため、東原は遥への興味が尽きない。

「愛してるぜ」と気楽に告げて、向こうからも「ええ」と当たり前のように返される。

反対に東原は、貴史には絶対にそんな言葉は使えない。

遥に言うときももちろん真剣な気持ちからで、冗談などではなくごく自然と気持ちを吐露《とろ》できるのに、なぜか貴史が相手だと一言も口にできないのだ。言葉にできないだけでなく、態度にすらめったに表せない。わざと冷たくしてしまうくらいである。おそらく貴史は、東原がどういう気持ちで自分を見ているのかなど、まるで気づいていないだろう。

うんざりするほど思い当たる節がある中、東原は今度の一件を画策したのは身近にいる極道か、もしくは極道者にツテのある者に違いないと、あらためて確信した。

納楚から聞いた、貴史を攫った際の手際のよさは、絶対にプロの仕業だ。

貴史は叫び声一つ上げられずに車に押し込まれたという。

あの気丈で見かけに寄らず肝の太い男を、声も出せなくなるほど脅しつけられるとすれば、相当な威圧感を漂わせていたに違いない。

そうするとやはり成田か。

東原はあれこれ可能性を拾い集めた末、結局そこに舞い戻る。

なんでもいい、誰でもいい、早く電話をかけてこい。誰が相手だろうと受けて立ってやる。

たとえ川口組の大幹部である成田が相手だとしても、こんなふざけたまねをしてくれたからには徹底して報復し、叩き潰してやる。むろん、貴史を無傷のうちに救い出した暁にだ。

東原は胸の内で焦燥《しょうそう》に駆られつつも激情を燃やし、ギリリと歯噛みした。

執務机の端にある小さめの置き時計を手に取って見る。

午後十一時四十分――。

今晩は一睡もできそうにない。長い一夜になりそうだった。

*

車が停まった。

着くまでに二時間ほど乗せられていただろうか。すでに午前零時半を過ぎている。

その行程の半分は、行き先をわからなくするための運転だったようだ。真っ直ぐ目的地に向かっているにしては、あまりにも頻繁に右左折を繰り返していたし、曲がった途端急にスピードを出したりすることもあった。貴史の方向感覚を狂わせ、目的地を悟らせないためにしたのだろうと思う一方、ともすれば誰かに追われていて、それを振り切るためであった気もする。貴史は探偵事務所でアルバイトをしていたときに経験したあれこれを振り返り、冷静にそこまで考えた。

バタン、と左に座っていた男がドアを押し開けて外に出る。

「降りろ」

右手にいる男にせっつかれ、貴史も車から降りた。

外は墨を流したような闇だ。湿気を孕んだ重たげな風が吹いている。それに合わせて周囲に立ち並ぶ木々の葉が、ざわざわと鳴っている。いかにも不穏な印象だった。

足下には砂利が敷かれている。踏みしめたときの音と靴底に受けた感触でわかる。

いきなり背後から黒服を着た腕が伸びてくる。

はっ、として身を竦ませたときには、両腕を背中で組まされ、上体に荒縄をぐるぐると回されていた。あまりにも手際がよく、貴史は人形のようにされるがままだ。まだ周囲の暗さに目が慣れず、身動きが取れなくなっていたせいもある。

「悪いな、先生」

貴史に縄をかけた男は最後にぎゅっと固い結び目を作り、よしとばかりに両手を叩くと、少しも悪びれない調子で言った。

「こっちだ。歩け」

両腕を縛られた格好で手荒に肩を押され、貴史はよろけて転びそうになった。

ジャリッと足下でひときわ大きな音がする。

幅広の石段を三段上らされ、堂々とした数奇屋門《すきやもん》を潜《くぐ》る。

どこかの富豪の個人宅だろうか。

苔《こけ》むした風流な石灯籠《いしどうろう》が灯《とも》された庭先から奥を見通すと、庭木や前栽の向こうに平屋建ての立派な和風建築が一部窺《うかが》えた。門から家屋までは相当離れている。

七五三に打たれた飛石の上を、前後を厳《いか》つい男たちに挟まれた状態で歩かされる。縛られていて腕が使えないためバランスが取りにくい。その上、男たちは貴史のことになど頓着せずに大股で歩くので、貴史は何度も背後から背中を押されてつんのめりかけ、冷や汗を掻いた。

そうしてなんとか玄関に辿り着いてみると、引き戸の前に出迎えの人が立っていた。

貴史は最初、女性かと思った。

綺麗に背筋の伸びた匂やかな人で、どこか浮世離れした雰囲気を纏《まと》っている。長い黒髪を背中で結んでおり、透けるように色白の顔が幻想的に美しく、男には見えなかったのだ。顔にばかり気を取られてしまっていた。

しかし、身に着けているのは明らかに男性物の着物で、羽織なしの着流し姿がとても板に付いている。毎日着物を身に着けている人という印象を受けた。

ヤクザまがいの男たちに無理やり連れてこられた先で会ったのが、まるっきり予想と違うしっとりとした和装の美青年で、貴史は虚《きょ》を衝かれた。てっきりヤクザの事務所かどこかに引き立てられるものとばかり思い、車中で覚悟を決めてきたつもりだった。

「坊ちゃんは中においでですか？」

貴史の前にいた男が、ぞんざいでありながらも礼儀を弁《わきま》えた態度で聞く。

「ええ。先ほどから客間でお待ちです」

和服の美青年はいささかもたじろがず落ち着き払った態度で答えた。強面《こわもて》の大男と、ほっそりとしてたおやかで毅然《きぜん》とした男が、向き合って当たり前のように会話を交わす。違和感があるようでいて、案外しっくりきている気もする。

スーツの上から荒縄をかけられた貴史の姿にも、美青年は眉一つ動かさなかった。ただ、不自由をさせられていることに対し、気の毒に感じてはいるようだ。

切れ長の瞳に同情めいた色合いを含ませ、貴史を見つめる。

貴史がしっかり見返すと、美青年ははんなりと口元だけで微笑んだ。貴史の気丈な性格に気づき、満足したらしい。

どうぞお上がりください、と踵《きびす》を返した美青年の後について家の中に入っていく。

なんだか奇妙なあんばいだった。拉致されてきたのに、家主かその家族と思《おぼ》しき男は非常に礼儀正しく、貴史を丁重に扱う。黒服の男たちも、いかにも腕っ節にものを言わせて生計を立てている類に見えるのに、たまに貴史の体を押して急かす程度で、際だった乱暴を働くつもりはなさそうだ。

黒光りするほど磨き込まれた廊下を通って、奥まった部屋の襖《ふすま》を開く。美青年の手つきや立ち居振る舞いは優雅で洗練されており、冒《おか》しがたい品格が備わっている。

まず四畳半の控えの間があって、もう一つ襖を開くと十畳ほどの客間だった。

そこに待ち構えていたのは、塩沢紬《しおざわつむぎ》をさらりと着こなし、座卓に着いて胡座《あぐら》をかいた痩せ気味の男だ。白い瓜実顔《うりざね》に切れ長の目、肉の薄い冷淡そうな印象の唇といった造作が、貴史に楽屋にいる歌舞伎役者を思い起こさせる。黒檀《こくたん》製の高級座卓に肘を突き、手のひらで顎を支えた不作法な姿勢を正そうともせず、貴史たちをニヤニヤしながら見上げる。普通に考えたらずいぶん横柄《おうへい》な態度だが、それを周囲に四の五の言わせない風格があった。

「遅かったじゃないか」

「はっ、申し訳ありません。どうも尾けられてるようだったんで回り道して撒いてから来ました」

「しつこいやつがついてきていたみたいだな」

「若頭がこの男の身辺をひそかに警護させていたんではないかと」

「ふうん、なるほど」

男は皮肉っぽく唇を吊り上げると、目を眇《すが》めて貴史に値踏みするような視線をくれた。

いろいろと思惑のありそうな表情だ。

黒服の男が「坊ちゃん」と呼んでいたこと、さらには東原のことだと思しき「若頭」という言い方——貴史にも薄々この男がどういう立場の男なのかわかりかけてきた。以前週刊誌に載った写真で見た川口國充《くにみつ》とはそれほど似ていないが、どうやら組長の息子のようだ。黒服の男たちは側近といったところか。部屋の隅に静かに正座して控えている和装の美青年だけは、相変わらずどういう関係の人物なのか察しがつかない。

「突っ立ったままじゃあ落ち着いて話もできない。おい、弁護士の先生をこっちに座らせろ」

男が自分の左手にある床柱に向かって顎をしゃくる。

貴史はまたもや黒服の男に急き立てられ、床の間まで歩かせられた。肩を押し下げ、強制的に座らせられる。いつのまにか新たな荒縄を手にした黒服の男が、後ろで一括りにされた手首にさらに縄をかけ、見事な彫りの施された床柱に貴史を縛りつけた。

「べつにそう畏まらなくていい。足、崩しな、執行先生」

もしかすると人違いで攫われたのかとも疑っていたが、あいにくそうではないようだ。

貴史は場を仕切っている男の勧めに従って、正座を崩した。不自由な体を動かし胡座をかく。こうなったら腹を括って腰を据えるしかないという開き直った心境だ。

そんな貴史の動きを、男は体を斜めに向けて興味深げに見守っていた。座卓に肘を突くのをやめ、片足を立てる。そしてその立てた膝に右腕をだらりとかけた。

上座に着いていた男と貴史との距離は一メートルと開いていない。

貴史は男の無遠慮な眼差《まなざ》しを受け、心地悪くなってきた。まるで貴史の中に求めている何かが潜《ひそ》んでいやしないかと探っているかのようだ。

「おまえたち、下がっていいぞ」

男は貴史から視線を逸らさぬまま、黒服を着た三人に声だけかけた。

「わかっているだろうが、このことは絶対に他言無用だ」

「もちろん承知してます」

三人のうち格上と思しき男が心得たふうに返事をする。

いるだけで圧迫感のある大柄な男たちが客間から出ていく。

さらに、三人に続こうとしてだろう、長髪の美青年も立ち上がりかけた。

「織《しき》、おまえはこっちに来い」

すかさず男が美青年を止め、命令する。振り返って見なければ美青年の動きは男の視野には入らないはずだが、気配だけでわかったらしい。

織と呼ばれた美青年はギクリとして表情と体を強張らせたが、すぐにまた元の穏やかで優しげな、どことなく達観した印象の顔つきに戻る。

どうやら織もこの男に逆らえない立場のようだ。

貴史は床柱に縛りつけられた尋常でない状況にもかかわらず、妙に冷静に構えていられる自分に我ながら感心した。こんな目に遭うのはもちろん初めてだが、想像していたより平静さを失わずにすんでいる。昔、アルバイト先の探偵事務所の所長が、「きみはこの仕事に向いてるよ」とまんざら冗談でもお世辞でもなさそうに言っていたのを思い出す。当時は、あくまでも探偵業はアルバイトで、目標は司法試験に合格して弁護士になることだったので、本気にしなかった。あの所長は貴史の性質をよく把握していたのかもしれない。

男はあらためて傍らに正座した織に顔を向けると、長い腕を織の肩に回し、ぐいっと手荒に引き寄せた。我が物顔の様子が貴史に東原を思い出させる。見てくれのタイプはまるで異なるが、両者には同じ匂いを感じる。

強引に抱き寄せられて足を崩し、女座りで男の腕に身を預けた織は、白い顔を諦めに満ちたようにして俯ける。なにをされても男の意のままになると心に決めている様子だ。

「紹介が遅れたな」

顔を伏せた織の顎に手をやり、指先で肌の感触を味わうように撫でながら、男は再び貴史と顔を合わせた。

「俺は上條《かみじょう》。上條宗親《むねちか》だ。そしてこいつは仁賀保《にかほ》織」

「あいにくお二方とも存じ上げなくて」

すっかりいつもの落ち着きを取り戻していた貴史は、喫茶店ででも話をしているかのような調子で和やかに返した。

上條がふっと痛快そうに唇だけ曲げて笑う。

「悪くないな、執行先生。さすがは親父の選んだ男が執着するだけのことはある」

「上條さんは川口組組長の息子さんですか？」

「そうだ。俺の母親は愛人だがな」

だから姓が違うのか、なるほどと貴史は納得する。

それでは織のほうは何者なのだろう。

貴史の視線がちらりと織に流れたのを、上條は見逃さなかったようだ。

「織もあんたと同じで先生だ。茶道の流派の一つに仁賀保流というのがあるのを知ってるか？」

「……いいえ。僕はそういった風流な嗜《たしな》みとは無縁なので」

「俺もだ」

上條は不敵な顔でニヤッとすると、長い指で織の顎を掬《すく》って上向かせ、もう一方の手を無造作に襟の中に入れ、胸元をはだけさせた。

「やめてください……！」

それまでじっとおとなしくされるままになっていた織も、さすがに貴史の目を気にしたのか狼狽える。貴史も目の遣り場に困り、視線を泳がせた。自分と同じ男だとわかっていても、上條の腕の中でしどけなく着衣を乱し、胸板を撫でられて頬を薄く染める姿は目の毒だ。見てはいけないものを見せられている気になる。

胸元に差し込まれた上條の腕が僅かでも動くたび、織はせつなそうに唇を嚙み、目を閉じて睫《まつ》毛《げ》を震わせる。

乳首を弄《いじ》られると弱いのか、ビクンビクンと全身を大きく揺らし、上條の胸に額を押し当て、色めいた喘ぎ声を洩らす。

うっすらと汗ばんだ項《うなじ》に張りつく乱れ髪が得も言われぬほど妖艶《ようえん》な印象を与え、見ているだけの貴史まで次第に体が熱くなってきた。

上條は人目があるのをかえって楽しむように、容赦なく織を崩れさせていく。

「ここは仁賀保の別邸だ」

織への愛撫を続けつつ上條はあっさりと貴史に場所を教えた。教えたところでかまわないということなのだろう。

「本邸みたいに立派じゃないが茶室もある」

「……あっ……ん、……んっ」

徐々に織も声を抑え切れなくなってきたらしい。ひっきりなしに身動《みじろ》いで、時折上條の紬に爪を立てる。

「何が目的なんですか」

貴史はつい織に視線を注いでしまう己の俗っぽさを恥じて目を逸らし、強気な口調で聞いた。

暴力を振るわれる気配は今のところなさそうだが、体の自由を奪われて何をされても抵抗できない状況に置かれているのは確かだ。その上で、とうてい恋人同士が合意の下にやっているとは思えない行為をこれ見よがしに目の前でされ、これから何が起きるのかまるっきり理解できずに苛立ってきた。

「東原の動揺するところが見たい。それだけだ」

「さっぱり意味がわかりません」

やはり東原絡みかと内心思いながらも、そんなことは僅かも表情に出さないように注意して空《そら》惚《とぼ》けた。いや、惚けるも何もない。実際のところ貴史は、上條は貴史と東原の関係を誤解しているのだと本気で思った。東原との間に私的な関係があることは事実でも、そこに上條が考えているような甘ったるい感情は存在しない。貴史からの一方的な気持ちは正直あるのだが、東原にとっては気まぐれや暇潰し、あるいは欲情の捌《は》け口として利用されている以上の意味はないはずだ。少なくとも貴史はそう思って、毎回せつない想いを抱えて会っている。

「わからないはずないだろう?」

上條はジロリと横目で貴史を流し見てから、いきなり織を乱暴に突き飛ばすと、畳に倒れ込んだところにのし掛かった。

「い、いやです……、いやっ!」

織が腕を振り上げて抗《あらが》う。

誰かが見ている前で抱かれることには相当な抵抗があるようだ。初めて顔を合わせた際、楚々《そそ》として取り澄ましていた織とは打って変わり、感情を露にして嫌がっている。

しかし、織を組み伏せる上條の力は、痩せた体軀《たいく》からは想像もつかぬほど強いようだ。

「何が嫌だって？　今さらどの面下げて勿体ぶるつもりだ、織」

上條は織の両手首をひと纏めにして左手一本で頭上に押さえつけ、はだけかけている襟をさらに引っ張って大きく開かせる。

「ああっ」

なめらかそうな肌をした胸板が剝《む》き出しになる。

赤く色づき、凝《しこ》って突き出した乳首の淫猥《いんわい》さに貴史は慌てて顔を背けた。

「ちゃんと見てろ、執行先生」

ぴしゃりと鞭《むち》で打つように上條が命令する。

貴史は下を向いたまま首を左右に振り、恐れ知らずに言い返す。

「悪趣味だ」

「それがどうした。こいつは俺にいつでも体を開くオンナだ。流派を存続させていくために必要な多額の援助金を親父からせしめるための条件として、家元から好きにしていいと確約されてるやつなんだぜ」

「そんな話、僕は聞きたくない。そっちでどんな約束が交わされていようが関係ないが、僕はあなたみたいな極道が虫酸《むしず》が走るほど嫌いなんだ」

「はっ！　よく言うぜ」

綺麗な顔に似合わぬ口の利き方をする上條は、心底呆れたように吐き捨てた。

「だったら東原はどうなんだ。あいつこそ筋金入りの極道だ。そういう男とホテルで会ってるってのはどういう了見かぜひ聞かせてもらいたいな」

「関係ない」

「あっ！」

貴史の返事に被せて織が狼狽えた声を上げる。

思わず貴史が顔を向けると、上條に着物の裾を派手にたくし上げられ、すんなりとした両足を胸につくほど折り曲げられた織の姿が目に飛び込んできた。

「やめて……っ、いやだ、宗親さんっ、ここでは勘弁して……！」

必死になって拒む織を上條はまったく無視し、抱え上げた足を左右に大きく割り開く。

雪のように白い内股と地味な色目の着物が鮮烈なコントラストを放つ。

驚いたことに織は下穿きを着けていなかった。おまけに、あるはずの下生えを綺麗に剃り上げている。これを貴史の目に晒《さら》したくなくて、織は最初の諦観《ていかん》に満ちた態度が嘘のように抵抗しだしたらしい。

「東原は先生をどんなふうに抱く？」

関係ないと言ったにもかかわらず、上條はなおもしつこく自分の考えを曲げない。

「あの男のことだ、こんなふうに無理やり押し倒して突っ込むのか?」

言うなり上條は自分の前をはだけ、織の尻の狭間《はざま》にずぷっと猛った腰の凶器を差し入れた。

「あぁぁっ!」

無茶をすれば壊れそうに細い体が強引な挿入の反動でずり上がり、弓形に反る。

あらかじめ何か仕込んであったのか、織の秘部は濡れていたようだ。

「ふふ、相変わらずいい締めつけっぷりだぜ」

上條が腰を前後に揺すり立てるたび、生々しく淫らな湿り音がする。

「あっ、……や、やめて……あぁあ」

人前で犯される屈辱に織は耐《た》えかねたように涙を零す。それでも抜き差しされるごとにどうしようもなく感じてしまうらしく、だんだん赤みを増していく肌がそれを如実《にょじつ》に物語る。

貴史は織を気の毒に思う一方、惹きつけられて魅《み》せられずにはいられなかった。

織を責める動きを続けつつ、上條は体とは裏腹に冷め切った眼差しで貴史を見据える。

「たぶんあんたもあいつにはこんな姿を見せてんだろうな、先生?」

「やめろ。やめてくれ」

貴史は激しく首を振った。

「何度か寝たのは否定しないけれど、東原さんとは本当にそれだけだ」

シラを切ったところで、ホテルのことまで知られているならごまかしても仕方がない。

「あなたが東原さんにどんな恨みを抱いているのかは知らないが、もし僕を捕らえたことで彼を焦らせられると踏んでいるのなら、それはまったくの見当違いだ」

貴史は本気で言った。

こんなことをしても本当になんの意味もないのだ。東原が貴史の安否に左右され、不本意なまねをするはずがない。おそらく、眉一つ動かさず、「ばかめが」と貴史の迂闊さを罵《ののし》るだけだろう。もしかすると、少しくらいは憐情《れんじょう》を感じてくれるかもしれないが、どうなろうと知ったことじゃないと突っぱねて終わるのは疑いようもない。

「さぁ、どうかな」

ぐっぐっと織の奥を深く抉《えぐ》りながら、上條は相変わらず欲情のかけらも覗かせない涼しい顔でほくそ笑む。

「はっ、あ、……あっ、……あ！」

上條の下で喘ぐ織の声が次第に熱を帯びてきた。上気して汗ばんだ肌が美しい。そこに乱れて解けた黒髪が打ちかかる様は強烈に淫靡《いんび》だ。目を奪われる。

「先生、イクときはなんて言うんだ？」

激しい抜き差しで織に切羽《せっぱ》詰まった声を上げさせているにもかかわらず、上條はまだそんな戯《ざ》れ言を言う。余裕たっぷりなのが憎らしい。たぶん、織も同じように恨めしく感じているだろう。畳を引っ掻く爪の先が、ときどき色を失い白くなる。

貴史が答えずにそっぽを向くと、上條はフンと嘲《あざけ》るように鼻を鳴らした。

「言わないなら、織はずっとこのままだ。あんたが答えたように口にしてねだらせようと思ってる。それ以外ではイカせない」

「卑怯だ、そんなこと」

上條のとんでもない腹づもりを聞かされて、貴史はカッとなった。

頭に血が上って一瞬状況を忘れ、立ち上がりかける。しかし、すぐに荒縄に引き留められ、縛られて床柱に括りつけられていることを思い出す。

貴史は何もできない自分に歯嚙みした。

「教えてやれよ、先生。早く織を楽にしてやれ」

他人事のように言って、上條は酷薄《こくはく》ににやける。やめるもやめないも自分の意思一つだというのに、織の苦しみを貴史が強情を張るせいにするのだ。

どれほど整って穏やかそうな顔をしていても、この男も立派な極道者だ。

貴史はひしひしと感じ、背筋が薄ら寒くなってきた。

「簡単だろう？　いつも東原に見せてる痴態《ちたい》をここで実際披露させようってわけじゃない。俺は意外と義理堅いんだぜ。あいつは親父の組の大切な若頭だ。そいつが入れ込んでる相手を寝取るようなまねはしない。成田あたりは妬ましくってしょうがないもんだから東原を蛇蝎《だかつ》のごとく嫌っているが、俺はむしろ逆だ。一目置いている。そうだ、あんたは俺に感謝するべきだな。いずれ成田らもあんたの存在に気づいたろう。あんたが東原の弱みだと知ったら、連中は見逃さない。捕まって、成り行き次第ではめちゃくちゃに嬲《なぶ》られるかもしれないな。少なくともこんなふうに丁重に扱われはしないことは賭けたっていい」

「……丁重？」

言葉を間違っているのではないかと喉まで出かけたが、「そうだ」と上條に間髪《かんはつ》容《い》れずに切り返された。

「俺はあんたには指一本触れない。東原の慌てる顔が見られたら満足だ。やつは今頃あんたが攫われたと知って居ても立ってもいられない心地になっているかもしれないな。ちょうど成田たちとあれこれ攻防戦を繰り広げている真っ最中だから、はじめに疑うのはあっちだろう。俺の仕業と気づいてここに辿り着くには、少なくとも三日はかかる。その間あんたの面倒はこいつが見る」

こいつ、のところで上條は大きく引いた腰を激しく突き戻した。

織の唇からせつなげな悲鳴が上がる。喘ぐ唇が「許して」の言葉を何度も綴った。本当に辛そうだ。緩急つけた責めで、いきかけてははぐらかされ、熱が治まりかけると再び頂上近くまで追い上げられということを繰り返されている。限界まで翻弄《ほんろう》されているのが傍から見てもわかった。

いくら東原とは体だけだと訴えても上條は聞く耳を持たない。

何を理由に貴史が東原の弱点だと確信するのか、上條に問い質《ただ》したいところだ。貴史にはまるで自覚がなかった。

「先生、織が可哀想だとは思わないか?」

上條は厚顔《こうがん》にもそんなふうに貴史を責め、追い詰める。

「あんたが到着するまでの間、手持ちぶさただったんで織をいっぺん抱いたが、そのときにもイカせなかったんだ。ここに、その床の間に飾ってあるヤマオダマキの茎を挿してやってな。それでも根本は縛らずにおいてやったもんだから、この堪《こら》え性のない節操なしは、とろとろと先っぽから蜜を滴《したた》らせて可憐な花を濡らしやがったけどな」

「やめて……!」

言わないでくれと織が悲壮な声で叫ぶ。袖で顔を隠す様が哀れで痛々しい。その反面、ぞくっとするほど色香があって、貴史を変な心地にさせた。

「ほら、隠すな。どうせこのつるつるにされた恥ずかしい場所も、先生には見られてるんだぜ」

上條は底意地悪く言い、織の腕を掴んで顔の上から外させる。

ああ、と織が喘ぐように嘆き、すうっと頬に涙を伝わせた。

「ばかだな、泣くことはないだろう?」

腰を小刻みに動かし続けながら上條はこんなときばかり猫撫で声で優しく言う。

「いつも可愛がってやってるだろうが。また着物のいいやつを呉服屋に見繕っておかせるから、機嫌直せ」

「い、いらない。……いりません」

さすがに怒っているのか、織は頑《かたく》なに首を振る。

喋る合間にも感じさせられて喘ぐ声や息遣いは切羽詰まりだす。

「ああっ、も、もう……、もうだめ、イクっ」

「おっと」

上り詰めかけて力んだ織から上條はまたもや身を退き、無情にも動きを止める。

はぐらかされた織は嗚咽《おえつ》を洩らして畳を引っ掻いた。

「上條さん！」

いい加減、黙って知らん顔していられなくなり、貴史は思わず大きな声を出していた。

「許してやってください。見ていられない」

「そう。ならば先生が織に許され方を教えてやれ」

イクときなんと言っているかなど、他人に明かすのは初めてだ。めちゃくちゃに乱されて我を忘れたとき、あられもないことを口走っている自覚はあるが、平常なら決して言わないことばかりだ。思い返すと顔から火が出るほど恥ずかしい。

貴史は一度強く唇を嚙みしめ、畳の上で獣のように睦《むつ》み合う二人から目を逸らして、答えた。

「ははは、そんなふうにしてあの男に縋《すが》りつくのか。淫らだな」

上條は満足そうに哄笑《こうしょう》すると、織に「わかったか？」と確かめる。

か細く消え入りそうな声で織が「はい」と肯定する。

貴史は畳の目を必死になって数えることで意識的に耳を塞ごうとした。

だが、上條はそれも許さず、貴史に最後まで見届けろと強要した。

「あぁっ、あ、……あぁあ」

畳の上でのたうつ織を押さえつけ、上條は膝立ちになって織の腰を抱え、引き寄せた。

「ひっ……、いやっ！　そんな奥までっ……！」

深々と秘部を貫くものが、柘榴色《ざくろいろ》の入り口を捲《めく》り上げ、内側の綺麗な紅色を覗かせながら出入りする。

織は惑乱した嬌声《きょうせい》を上げ、さっき貴史が恥を忍んで口にした言葉を、ごく自然に繰り返した。

淫ら極まりない性の図を目の当たりにして、貴史は頭の芯がくらりとしてきた。

これほどひどいことを続けざまにされても、織は上條を心から嫌ってはいないらしい。畳に投げ出していた両腕を上條の背中に回して縋る仕草に、貴史はまざまざと感じた。

先に落ちたのは織だった。

ひときわ高い嬌声と悲鳴を放ち、昂《たかぶ》りから白濁を出す。

上條はそれを見届けてからラストスパートをかけ、いく寸前で抜いた。そして細身の織をやすやすと抱え起こし、顔の前に陰茎を翳《かざ》す。

「口を開けろ」

意識が朦朧《もうろう》としている様子の織は、素直に従った。

その口の中に上條は精を吐きかける。

「零すな。そうだ」

上條は織を腕に抱いたまま自分のものを嚥下《えんか》させると、躊躇いもなく織の濡れた唇を吸った。

思わず衝動に駆られて口づけしたようだ。

織が驚きに目を見開く。

だが、すぐに何も考えられなくなったらしく、口づけに没頭して目を閉じた。

「んっ……ん、……う」

熱の籠《こ》もったディープなキスが続く。

当てられそうな光景だ。

上條の肩を摑んでいた織の指が離れ、腕がパタンと脇に落ちる。どうやら意識が薄れてしまったようだ。

上條は織を畳に寝かせて立ち上がり、ざっと衣服の乱れを直した。

「まぁ、そんなわけだ。東原が俺の要求に応じれば先生は無事に帰してやる」

「無駄だと思います」

東原には迷惑をかけたくない。こんな男に屈したくない。そういった思いが貴史を気丈に振る舞わせる。

上條は肩を竦めただけで答えずに、タンッと襖を閉《た》て切って出ていった。

その音で、畳に伏していた織が意識を取り戻す。

「大丈夫ですか？」

織は乱れ落ちて顔にかかっていた髪を気怠げに掻き上げると、貴史を潤んだ瞳で見て、そっと頷いた。さんざん痴態を晒したと感じているのか面映《おもは》ゆそうだ。

崩れた襟元と裾を直し、まだ少しふらつきながら貴史の傍に来て身を屈める。

白檀《びゃくだん》の香りがほのかにした。

「すみません。窮屈で辛かったでしょう」

織は複雑な結び目にもたじろがず、慣れた手つきで荒縄を解き、貴史を自由にする。

「ありがとうございます」

痺れた腕や痛む肩を擦りつつ貴史は織に礼を述べた。

「しばらくは不自由をおかけすると思いますが、できる限りのことは私のほうでさせていただきますので、勘弁してください」

「べつにあなたが謝ることじゃない」

「……逃がすな、とあの男に命じられているのです」

織は躊躇いがちに打ち明ける。

ああ、と貴史は労《いたわ》りを込めて織を見た。

苦しい立場に置かれている織が気の毒だった。貴史自身、織の心配をしていられる状況ではないのだが、横暴な一部始終を見せられたあとではどうしても織を案ずる気持ちが先に立つ。

「家のためにずっと辛抱されているんですか？」

よけいなお世話だろうとはわかっていたが、貴史は聞かずにいられなかった。

「それもありますが、本音は少し違うかもしれません」

答えないかと思いきや、織はそう返事をし、溜息を洩らしてぽつりと続ける。

「ヤクザって厄介な存在ですね」

わかっているのに心が言うことを聞かない、とばかりに織は困惑し果てた憂鬱《ゆううつ》顔をする。

貴史は相槌を打つのも忘れ、じっと織の顔を見つめた。

「惚れる気なんかさらさらなかったのに、いつのまにかこんなふうです。あなたも、まだ間に合うのなら、ヤクザなんかと付き合うのはやめたほうがいい」

自嘲気味に言い、織が手を差し伸べる。貴史は大丈夫と示して自力で立った。普段椅子にばかり座っているので、足も少し痺れている。だが、動けないほどではなかった。

「居間に掘りごたつ式の卓があります。そちらで柚茶《ゆずちゃ》でも差し上げましょう」

今夜はそれを飲んだら寝てくださいと優しく勧められる。貴史は、この先いったいどうなるのかとあらためて不安を湧かせながらも、素直に従うことにした。

耳に、ヤクザに惚れるとろくなことにならないという織の言葉が、居座り続けていた。

4

予想通り一睡もすることなく朝を迎え、昼を過ぎ、夕刻が来ても、貴史を拉致した相手からの連絡はない。

「どういうつもりだ」

東原はもはや苛立ちを隠そうともせず、午前中から東原の執務室に詰め、同じくジリジリして動きがあるのを待ち構えている納楚に嚙みついた。

「なぜ連中はいつまで経ってもこっちに接触してこねぇんだ。まさか執行をリンチするだけが目的で攫ったわけじゃあねぇだろう！」

「いや、そんなばかげたことはしないと思いますが……」

すでに何度か交わした会話だが、答えるたびに納楚の声から少しずつ自信が削《そ》げていくようで、東原の焦燥は増すばかりだ。誰かにきっぱりと否定してもらわねば不安を払拭し切れない心境に陥るなど、東原にしては珍しいことだ。納楚もらしくないと思っているに違いない。

「くそっ、どこのどいつだ。ふざけたまねしやがって！」

いっこうに鳴らない電話を睨み据え、執務机をバンと平手で叩く。

「こうなったら可能性のある場所を一つずつしらみ潰しにしていくしかねぇな」

相手の狙いがはっきりしない以上、いつまでも手をこまねいて向こうからの接触を待っているわけにはいかない。

「だが、おおっぴらに騒ぎ立てるのは禁物だ。全然関係ない連中にまでうちで起きてるトラブルをわざわざ知らせてやる必要はねぇ。弱点を見せるようなもんだ。口の堅い、信用できるやつだけ使って秘密裏に動きたい」

「任せてください、親父さん」

応接用のソファに腰を下ろしていた納楚が勢いよく立ち上がる。納楚もいい加減ジリジリしていたらしい。東原が決断するのを待ち侘びていたようだ。

「どこから手をつける?」

「成田組の事務所からやりましょう」

納楚はずっと考えを練っていたらしく、迷わず即答した。

「ああ。だが、叔父貴んとこは都内だけで三ヶ所事務所を抱えている。近郊まで入れたら六ヶ所か。もしかすると他にもまだ隠れ家を持っているかもしれん。手は足りるのか?」

どちらかというと貴史の件は東原個人の問題だ。貴史を利用して東原に揺さぶりをかけ、東雲会自体を脅されているのならばともかく、今のところそうした動きはない。そうすると、東雲会に負担をかけていいことかどうか微妙だ。依然、三輪組の動向は油断がならず、子分たちもピリピリしながら毎晩歌舞伎町界隈《かいわい》を見回って警戒態勢を取っている。そっちをおろそかにさせるわけにもいかなかった。

「なぁに、いざとなったらうちの下に抱えてる連中を動かしますよ。使えるやつが何人もいます」

東原のためなら喜んでそうさせてもらうと、納楚は力強く請け合った。

すべての子分が組を持っているわけではないが、東雲会の幹部クラスは、それぞれがまた自らが構成する組のトップだ。芝垣や納楚あたりになれば、さらにその下がまた組を持っており、そこでトップの座に就いていることも多い。こういった下部組織が、いわゆる川口組の四次団体、五次団体と呼ばれるものだ。

「悪いな。恩に着るぞ」

芝垣は出張で札幌に行っており、明日いっぱい戻らない。納楚は芝垣の分まで自分が動かなければと心に決めているようだ。東原は素直にありがたいと感謝する。

「さっそく手配してきます。人海戦術で当たりますよ」

そう告げるなり納楚は上着の裾《ひるがえ》を翻す勢いで執務室を出ていった。

たぶん、納楚は東原のかつてない動揺ぶりに、これは貴史に万一があれば相当まずいと察したのだろう。貴史を人質に取られ、東雲会全体を揺るがす条件を突きつけられれば、そこから先はもう東原個人の問題ではなくなる。他のことに対してはいくらでも非情になれる東原だが、こと貴史に関しては予測がつかない——納楚が憂慮《ゆうりょ》したのはその点だ。できるだけ早いうちに解決しておかねば、どう転ぶかわからない危うさを孕んでいると感じたからこそ、自ら陣頭に立って動くのだ。

そんなに俺はあいつを特別扱いしているように見えるのか。

東原はいささか不満で納得いかないが、ともするとかつての川口組若頭が狙撃されたときですら、今よりはもう少し冷静にしていられた気がするので、否定はし切れなかった。

今回の一件が起きるまで、貴史が攫われる可能性があるなど東原はちらりとも考えずにいた。気が向けば呼び出して寝る相手は途切れることなく今もずっといる。確かにここ数ヶ月は、なんとなく貴史とばかり会っているが、食事をしたり飲みに出掛けたり、ゴルフをしたりというようなベッド以外の付き合いはいっさいしたことがない。それというのも貴史が弁護士などという堅い職業の男だから、よからぬ噂が立つのを避けようとしてだ。貴史を知る以前たびたび会っていたとある舞台女優のほうが、外面的にはよほど親密に映っていたはずである。

目の付け所の鋭いやつがいるものだ、と東原は顔を顰《しか》め、ギリッと歯噛みする。

香西《こうざい》ですら、貴史よりは遥を気にしていた。遥とのほうが付き合いが密だからだろう。自分で言うのはなんだが、相当気に入って連れ回している自覚がある。おかげで遥は昨年末あたりから四課の刑事たちにやたらと絡まれだしたらしい。とにかく何も知らないと突っぱねておけと言うと、遥もそうしますと苦笑していた。

遥が攫われたとしても東原は同じくらい気を揉んだに違いないが、今はどっちがよりどうだなど考えている場合ではない。

まずは一刻も早く貴史の居場所を見つけ出し、手の内に取り戻すのが先決だ。報復するのはその後である。

東原は昨晩から今日の午後までに四度ほどかけた携帯電話の番号に、無駄だと承知でもう一度かけてみた。

やはり『おかけになった番号は……』というお決まりのアナウンスが流れる。貴史は出ない。いっそ成田に正面からぶつかってみるか。もし貴史を連れ去ったのが成田なら、それが最も手っ取り早い。いちいちアジトを探って不穏な動きがないか確かめる間にも貴史の身に危険が及ぶのではないかと思うと、東原の心臓は錐《きり》を突き刺されたかのようにキリキリ痛む。息が詰まりそうなほどの胸苦しさだ。こういうのは久しぶりに味わう。

あと数秒冷静になるのが遅れていたら、東原はきっと本当に受話器を持ち上げ、感情のまま成田を糾弾《きゅうだん》する電話を入れていたに違いない。確証もないうちから、隠したものを出せと一方的に凄み、挙げ句、万一成田の仕業でなかった場合には、不用意に自らの弱みを晒すことになったかもしれないのだ。

寸前で東原を押しとどめたのは、理性的な眼差しでじっとこちらを見る貴史の顔だった。それが頭の中にふっと浮かんできて、東原は我に返る心地で平静さを取り戻した。

あいつなら、どんな窮状に追い込まれても屈したり自棄《やけ》になったりすることなく、最後まで平常心を保って行動できるだろう。この半年の間、寝るだけの付き合いしかしてこなかったにもかかわらず、東原には貴史の性格や気質が読めていた。窮地に陥れば陥るほど、冷静かつ理論的に考えたり動いたりすることのできる強さは、東原ですら舌を巻くところだ。実際、その度胸のよさ、頭の回転の速さを、東原は最初に試して満足したのだった。

貴史を信じてもう少し辛抱する——東原は不安や心配を胸の奥に抑えつけ、先走ったまねをしかけた自分を叱咤《しった》した。

その一方で、どんな困難があろうとも貴史は必ず取り返す、と東原は心に強く誓った。

無事取り返せた暁には、二度とこんなことが起きないように細心の注意を払う。自分という男に関わらせる以上、いつどんな事態が生じても不思議はないのだ。だからこそ周囲の人間に何が東原の弱みなのか、どこを攻めれば牙城《がじょう》を崩せるのか悟らせないよう、慎重になる必要がある。

もしかすると、そのためにますます貴史を悩ませ誤解を与え、傷つけてせつない思いをさせることになるかもしれないが、最悪の事態を考えればそんな甘ったるいご託《たく》は並べていられない。身勝手を承知で言えば、自分のような男に好かれたのを不運だと思って、普通の付き合いを望むのは諦めろということだ。本当なら、二度と危険な目に遭わせないよう、潔《いさぎよ》く離れてやるのが貴史のために一番いいのはわかっている。しかし、もう遅い。東原はすでに貴史を手放せなくなっている。今度の件を通して痛感した。

自分にとって大事なものはなんとしてでも守り抜く。

それが東原の矜持だ。自分絡みのトラブルに巻き込み、後から狼狽えるような不様《ぶざま》なまねは金輪際《こんりんざい》したくない。

東原はそこまで考えていって、貴史とはまた違う意味で大切に思っている男にも、同様の気持ちを湧かせた。

早急に遥にも身辺を警護する男を身近に置くよう勧めたほうがよさそうだ。東原とは関係ないところでも、あれやこれやの事業を興して成功している遥は敵が多いに違いない。思いもかけぬところで恨みを買っていたり、妬まれたりするケースも多々あるだろう。

なんなら自分が誰か紹介してもいいのだが、確か現在も秘書として遥に付き従っている男が、武道の心得があるとか言っていたので、あの男に兼務させてもいいかもしれない。浦野《うらの》という俊敏で抜け目のなさそうな男だ。東原も何度か会っているが、遥にかなり心酔しているようなので、喜んで引き受けるに違いなかった。

トントン、とせっかちにドアがノックされる。

入れ、と声をかけると、さっき出ていった納楚が再び入ってくる。

「都内三ヶ所、近郊三ヶ所に、それぞれ探りを入れに行かせました。今夜中に成田側の動きは把握し切れるかと思います」

「そうか、すまんな」

「いいえ、とんでもないです。成田組と特に関係の深い中内組、菊地組、前橋組も洗わせてます。

今のところ、不穏な情報は入ってきていませんし、変わった動きも見えないようですが」

人一人攫ってきているのなら、なんらかの気配はするはずだ。

「他に何か目立った情報はあるか？　執行の件とは関わりなさそうでも、普段と違ったことがどこかに見つかったら、すぐにこっちに報告しろ」

「わかりました」

納楚はいったんそう受けてから、ふと思い出したように「……そういえば」と続ける。ただし、これはべつにわざわざ知らせることでもないのでは、と本人に躊躇いがあるのが伝わる口調だ。

「さすがに今回の一件とは関係ないと思いますが、昨日、宗親さんが突然また勤め先を辞められたそうです。出社するなり辞表を出されて、ろくに引き継ぎもしないまま午後には勝手に退社されたとかで。勤め先側はカンカンだったみたいです」

「ほう。何かあったのか？」

「特にこれといった理由はなかったみたいですが。まぁ、その、以前から気まぐれで知られてましたから、またかってな感じではあるんですが。それでも今回はちょいと急すぎたんで、小耳に挟んだとき驚きました」

「昨日、か……」

確かに、だからどうだというわけではない。宗親とは暮れに組長宅に挨拶《あいさつ》しに行った際、顔を合わせたのが最後だ。たまたま向こうも来ていたので、しばらく話をした。おおむね他愛もない世間話だったと記憶している。貴史とはすでにその一月前に縁ができていたが、新しい相手がいると宗親に感づかせるような発言はいっさいしなかった。

宗親の唐突な辞職は時期が時期だけに東原の勘に引っかかり、無視し切れない心地にさせられるものの、すぐさま貴史の事件と結びつける理由もない。

なんとなくすっきりしないが、東原は頭から宗親のことを払いのけた。

早ければ今夜中にも各方面からの情報が集まりそうだったので、とりあえずその報告を待つことにした。

*

どうやら成田は無関係らしい――次々ともたらされる情報を朝までかかって集約し、検討した結果、東原も納楚も同じ結論に達しないわけにはいかなかった。

「すみません、親父さん。てっきり成田組が関わってるもんだとばかり思い込んでたんですが」

「こっちの線は見当違いだったたってわけか」

いよいよ事態が読めなくなってきた。

東原は低く唸りながら腕組みし、エグゼクティヴ・チェアに座ったまま体の向きを変えた。

背後にある窓の外はすでに明るくなっている。空全体に白っぽい薄雲がかかった曇天《どんてん》だが、雨は降っていない。梅雨時だが、週末は曇りの予報が続いている。こんなときに雨にまで降られ続けているとますます気が滅入《めい》りそうだったので、東原の心境的にはありがたい。

「わからねぇな、拉致したやつらの目的が」

まだ一回のコンタクトもない。こういう場合まず考えられない状況だ。

「もしかすると顔見知りの連中に納得ずくで連れていかれたとも考え……」

納楚が新たな可能性を口にしかけたところで、執務机の上のインターカムがプーッと鳴った。

東原は通話ボタンを押し「なんだ?」とぶっきらぼうに聞く。声にありありと不機嫌さが出ていたからか、エントランスの受付にいる若い衆はたちまちびびったようだ。べつに凄みを利かせているわけではないが、慣れない者は東原と口を利くのも緊張してしゃちほこばる。

『い、今、こちらに宗親さんがおみえです』

「宗親?」

宗親がここを訪ねてくるなど初めてだ。ざわりと背中に不穏な感触が生じ、皮膚が粟立った。

「坊ちゃんがいったいなんの……」

『あっ、ぼ、坊ちゃん! 困ります、勝手に……!』

東原の言葉に、若い衆の取り乱した声が被さった。遠離《とおざか》っていく者に呼びかけるような声の張り方だ。

どうやら宗親は取り次ぎを無視してさっさと階段を上がりだしたらしい。

東原は表情を引き締め、納楚と顔を合わせる。インターカムでの会話は当然納楚にも聞こえている。納楚もまさかというように、いっきに緊迫した面持ちに変わった。タイミングがタイミングなだけにただ事ではないと感じたのだろう。

東原が顎をしゃくり、納楚にドアを目で示す。

納楚が立っていってドアを開けると、まさに今ドアの前に来たところだったらしい宗親の姿があった。オフホワイトの洒落《しゃれ》たスーツを身に着けている。ノーネクタイで、インに着た浅葱色の開襟シャツの色目が際だつ。髪は暮れに会ったときと比べると茶色みが増していたが、長さはほとんど変わっていなかった。

「やぁ、助かったな」

宗親は飄然《ひょうぜん》とした涼しげな顔つきで、目の前にいる納楚と奥の執務机に着いている東原とを順番に見る。

「気が利く若頭補佐のおかげでノックをする手間が省けた」

そう言うと、宗親は納楚の脇を通り抜け、悠然とした足取りで東原のところまで歩いてきた。

東原も椅子を立つ。

二人は大きな執務机を挟んで対峙《たいじ》する形になった。

「珍しいじゃないですか。何事ですか、坊ちゃん？」

嫌な胸騒ぎを覚えつつも、東原は腹の内を悟らせない単調さでそっけなく宗親を迎える。

「もしかして今、取り込み中か？」

「まぁ、俺たちみたいなシゴトには、土曜も日曜も関係ないですからね」

「そうか、今日は日曜だったな。すでに耳に入っているだろうけど、俺、一昨日付で勤めを辞めてね。会社に行かないと決めた途端に曜日の感覚が消えちまったよ」

「いいんじゃないですか。自分の人生をどんな具合に生きようと、坊ちゃんの勝手だ」

「東原」

ここに来て初めて、宗親の表情が険しくなる。東原の言葉に痛烈な皮肉を感じ、穏やかにしていられなくなったようだ。東原、と呼び捨てにした口調に不気味な迫力があった。さすが血は争えないといったところか。事によると、そのへんの極道よりよほど気が荒くて容赦がないかもしれず、うっかり地雷を踏むと厄介なことになりそうだ。

「お気に障《さわ》ったなら謝りますよ」

「ふん。心にもないことを」

宗親は苦々しげに言うと端整な顔を歪ませる。東原が癪《しゃく》に障ってたまらないようだ。からかうつもりが反対にやり込められてムッとしたのだろう。憎らしそうに東原を睨む。かといってどこかこの言い合いを愉《たの》しんでいるようでもあった。

この男はなにかにつけてこんなふうだ。東原は眉を顰めた。

一見無関心を装っておきながら、いざ顔を合わせて話をすると、妙に突っかかってきたり挑発的だったりする。東原に一目置いているらしい反面、目の上のたんこぶと嫌っているようでもある。本心がいったいどこにあるのか、なかなか悟らせない。

前から感じてはいたのだが、東原には宗親がどういう気持ちでいるのか推《お》し量り難《がた》く、据わりのよくない心地にさせられるばかりだ。

「すみませんが、本当に取り込み中なんで、用件を先に聞かせていただきましょうか」

組長の息子を無理やり追い返すわけにもいかず、東原は穏便に事を運ぶため、できるだけ謙《へりくだ》った。

「ああ、いいだろう。聞いたらあんたも俺の前でそんなふうに高飛車《たかびしゃ》にしてはいられなくなるはずだ」

ざわっとまた全身が総毛立つ。

ドアの近くに立っている納楚も、表情を硬くして緊迫感に包まれたようなのがわかる。

宗親だけがやたらと愉快そうになり、さっきまで顰めていた顔に底意地の悪い笑みを浮かべ、声まで嬉々《きき》として弾ませた。

「捜しモノはもう見つかったか？」

「……なんのことか、さっぱりわかりませんな」

こいつの仕業かと確信し、憤懣《ふんまん》を湧かせつつも、東原は空惚けた。

しかし、そんな虚勢は宗親には通じない。

「昨日も一昨日も事務所に泊まり込んで、実はほとんど寝てないんだろ、若頭。ごまかさなくていい。成田組が関係しているアジトを次々と調べさせていたようだが、あいにくだったな」

「坊ちゃん」

東原がずいと身を乗り出したのと、宗親が恐れ知らずにも執務机に尻を乗せたのとは、ほぼ同時だった。宗親は悠然と足を組み、上体を捻って東原のきつい眼差しをがっちり受け止めた。たいしたふてぶてしさだ。東原ははらわたが煮えくり返るほどの憤りを覚えたが、あくまで表面は冷徹さを守り、僅かも取り乱したところを見せぬようにした。

「執行はただの弁護士ですよ。うちが世話になってる白石先生んとこのイソ弁で、アシスタント的にゴタゴタを処理してもらってる。どうしてそんな男にかまうんです？」

「あんたが狼狽えて焦る姿が見たかったからだよ」

宗親はまるで悪びれず、しゃあしゃあとして言ってのけた。口元に浮かんだ笑みがあまりにも癪に障り、組長の息子でなかったなら拳《こぶし》で殴りつけてやりたいほど憎らしい。

「寝てるだろ、あいつと？」

「ええ、たまに寝ますよ。それがどうしました？」

東原は精一杯感情を抑え、淡々と返す。

離れた位置で、納楚が固唾《かたず》を呑んで成り行きを見守っている。

「ただ寝てるだけじゃない。あんた、珍しくあの先生にご執心だ。その証拠にこの数ヶ月、それまで二股、三股で関係を持ってきたオンナたちとはほとんど没交渉になってる。中には寂しがって浮気してるオンナもいるみたいなのに、気づきもしていない」

「俺にとっちゃ、どのオンナもただの捌け口なんですよ。だから親父さんにいくら勧められても、まだ当分は身を固める気にならない。それだけのことだ」

「誰でもいいのか。なら、俺はどうだ？」

「ご冗談を」

あまりにも突拍子がなくて、東原は苦笑する。

宗親の顔がさらに忌々しげに、険しく歪んだが、東原には冗談にして流すことしかできなかった。宗親も綺麗な男だが、今まで東原は一度としてそんな目で見たことがない。今後も見る可能性はないだろう。多彩な才能を持っていて興味深い男だとは思うが、欲しいと感じたことはなかった。

「……いいだろう。だったら俺もあんたから別のものを毟《むし》り取ってやるだけだ」

たった今味わわされた屈辱感を晴らすように宗親は低く押し殺しながらも強い調子で言う。

「戯れ言はたいがいにしろ！」

ついに東原も下手に出るのをやめて一喝《いっかつ》した。これ以上好き勝手言わせておけば、宗親をつけ上がらせるばかりだ。

しかし、宗親は怯《ひる》まない。ニヤつきながら「おっと」と怖がる素振りをしてみせるだけで、ふてぶてしく構えたまま身を退きもしなかった。

「本気であの弁護士の先生がどうなってもいいのか、東原？　俺にもいろいろ裏のツテはあるんだぜ。あんたが見殺しにすれば、先生は体のあちこちを傷つけられたり、好事家《こうずか》に売られて悲惨な目に遭ったりするかもしれない。それでもかまわなけりゃ、あそこに待機してる男……納楚だっけ、あいつに俺を摘《つま》み出させたらいいだろう」

「はったりはよせ」

「俺はマジだ」

またもや二人は正面から睨み合う。

視線と視線がぶつかり合ったところで火花が散るような、凄まじく緊迫した間が続く。

「俺を本格的に敵に回す気か、宗親？」

東原はドスの利いた声で脅すように牽制した。

「やるなら受けて立つぜ。俺もあの親父の息子だ、逃げも隠れもしない。成田と手を組み、やつを焚《た》きつけて東雲会とぶつからせるのも一興だ。親父は内部抗争に泡を吹くだろうが、そんなことは俺の知ったこっちゃない。せいぜい大きな花火を上げてくれ」

「それより自分の身を心配しろ。シロウトのくせに子分が何人かいるようだが、それで完全に身を守れると思ったら大間違いだぞ」

「俺はね、東原」

宗親はふっと息を抜くように険しかった表情を和らげると、どこか恍惚《こうこつ》とした目つきになって東原を思わせぶりに流し見た。

「あんたの手でどうにかされるんなら本望だよ」

「ばかばかしい！　付き合ってられるか！」

「嫌われたもんだな、俺も」

宗親は自嘲して軽く肩を竦め、ズボンのポケットに両手を突っ込んだままひょいと机から下りた。

「さぁ、どうする？　俺をこのまま帰らせたら先生は無事には戻らない。俺を捕まえて居場所を吐かせようとしても同じだ。刻限までに俺からの連絡がなければ、まず先生の小指を切ることになっている」

「宗親、気は確かか。執行は東雲会とも俺個人とも特に親しいわけじゃないただの弁護士だぞ」

「だったら放っておけばいいだろ。あんたは何も気にすることはない。ちょっと運の悪かった弁護士のことなんかさっさと忘れて、また新しいオンナを見つけりゃいいことだ」

「俺は無駄だからやめろと言ってるんだ」

極力平静を装っているつもりだが、次第に声に焦りが出てくるのを東原は自覚した。どうあっても宗親が翻意《ほんい》しそうにないことが察せられ、心穏やかに構えていられなくなってきた。

貴史の苦悶《くもん》する顔を想像すると、心臓に氷を押し当てられた心地がする。

宗親には得体の知れないところがあって、果たして本気なのかはったりを利かしているだけなのか、判断しづらい。東原は手のひらにじっとりと汗を掻き、宗親の顔や眼差しから真意を読もうと必死になっていた。

そんな東原の心境がわかったのか、宗親がニッとほくそ笑む。いかにも満悦した、してやったりと勝ち誇るような、嫌な顔つきだ。東原はカッと頭に血を上らせかけたが、唇を引き結んで激情を抑えた。

「若頭でもそんな窮鼠《きゅうそ》みたいな顔するんだな。ふふ、俺の勘もまんざらじゃない。実は最後の最後までもう一人と迷ったんだ。運送会社とかいろいろやってる男もいい線いってる気がしたんだが、なんとなく俺は、あんたの本命は弁護士さんだと思った。それぞれとの付き合い方を見ていれば、普通は逆に考えるはずのところだろうが、俺も臍《へそ》曲がりでね」

宗親は得々として語りつつ、ゆっくりした動作で応接セットが据えてあるところまで歩いていくと、東原と向き合う形で長椅子にドサッと身を預けた。長い足を組み、余裕たっぷりな態度で懐からメントールの煙草を取り出す。そして、しなやかな指で一本抜いて口に銜《くわ》えた。

「火、持ってるか、納楚さん」

宗親は厚かましくも、首を仰け反らせて斜め後方に立っている納楚に求め、ライターでタバコに火をつけさせた。納楚は無表情に徹している。

東原は無言で宗親の一挙手一投足を睨み据えていた。

素人に翻弄されている。しかも、敗色は濃厚になってきた。容易には受け入れ難い状況だ。だが、明らかにこの場の主導権を握っているのは宗親だった。

天井に向かってふーっと煙を吹き上げた宗親は、タバコを指に挟むと東原に視線を戻し、

「六本木の一等地にあるキャバクラ」

と、唐突に言い出した。

「あれにしようか？」

どういう意図かは聞くまでもなかった。

東原は机の陰で手のひらに爪が食い込むほど強く拳を握り、暴力的な気分になるのを堪えた。三丁目の地下鉄六本木駅傍にある老舗のクラブ『ｃｈｏｕ Ｃｈｏｕ』は、東原がオーナーとして持っている店や企業の中でも三本の指に入る稼ぎ頭だ。この店を手放すとなると、相当な痛手を被《こうむ》ることになる。

「あの店の権利を譲れというわけか。簡単に言ってくれるぜ」

「店が入ってるビルもあんたの持ち物だよな。ビルごと譲ってもらおうか。それでも、茨城のカントリークラブの権利を全部渡せって言わないだけ俺もまだ甘いと思うんだが？」

すかさず切り返され、東原はぐっと詰まった。

いったんは警察の強制捜査が入ったものの、警察庁内部にいる高級官僚のおかげで事なきを得たばかりのカントリークラブの持つ資産に比べれば、確かにキャバクラと貸ビルから上がってく

る収益や不動産価値など足下にも及ばない。

それにしても素人からヤクザまがいの悪どい遣り口で資産を取り上げられるとは、あまりにも面目ない。東原にとってこれ以上の屈辱はなかった。盾に取られているのが貴史でさえなければ、東原はこの場で身の程知らずの男に、躊躇いなく極道流の挨拶を叩き込んでやっているところだ。

宗親はタバコをもう一口吸うと、毛脚の長いラグの上に平然と灰を落とした。そして、おもむろに赤く火のついた先端を確かめ、フッと不気味に微笑む。

「弁護士さんの尻の穴に突っ込んだまま、内股か足の裏にでもこれを押しつけてやったら……さぞかし気持ちのいい思いができそうだな。若頭、試してみてもいいだろうか？」

「やめろ！」

後先考えず、東原は思わず怒鳴っていた。

すぐにはっとして口を噤み、元の仏頂面に戻ったが、宗親はクククと愉快そうな笑い声を立て、東原を皮肉る。

「おやおや、やっぱりお熱いようで」

「いい加減にしておいたほうがいいぞ、宗親」

「それはこっちのセリフだ」

宗親はあくまでも退かず、まだ長いままのタバコを大理石製のローテーブルの上で無造作に捩《ねじ》り消した。それから、腕に嵌めた時計をわざとらしく確かめる。

「さぁ、そろそろ答えを出したほうがいいぜ。刻限まで残り五分だ。俺からの連絡がなければ、弁護士の先生は左手の小指を落とされる。今頃、机に手を縛りつけられて、ノミと金槌を見て恐慌を来《きた》してるかもしれないな。気の毒に」

本当なのか嘘なのか――この期《ご》に及んでも東原にはどっちともつかない。

くそったれめ、と激しく自分自身を罵倒《ばとう》する。

腑甲斐《ふがい》ない。あまりにもみっともないとわかっているが、自分の気持ちには逆らえない。今腹を括って素直にならなくては、おそらく東原は一生後悔するだろう。

貴史を強く深く想っている。

かつて東原にここまで想わせる相手はいなかった。

惚れ込んでいると本人に告げて憚《はばか》らない遥に対してさえ、こんなふうには感じない。

東原は大きく息を吸い込むと、「わかった」と潔く投降した。

その途端、納楚もまた全身の緊張をいっきに緩ませたのが傍目《はため》にも見てとれた。

「商談成立だな」

宗親は勝ち誇った様子で、携帯電話のボタンを押す。

「ああ、俺だ。今からそっちに行く」

東原がじっと睨み据えている前で短い通話を終えた宗親は、意気揚々《ようよう》と椅子を立った。

「さて、それじゃあ案内しようか、若頭。あんたの大事な男のいる場所へね」

宗親のこの異様な明るさ、機嫌のよさが憎らしい。

だが、一度負けを認めた以上、四の五の言いはしない。東原はそこまで卑怯でも矮小《わいしょう》でもないつもりだ。貴史への気持ちを自分自身に逃げ場を与えず認めることで、虚勢を張り続けて胸苦しさに苛《さいな》まれることから解放され、精神的に楽になれたのも事実だ。

後悔だけはいっさいなく、むしろある意味清々しい気分だった。

*

釜の湯を汲《く》んで茶碗に入れ、置柄杓《ひしゃく》の所作で柄杓を釜の口に置いたら茶筅《ちゃせん》通し。茶筅を元の位置に戻して、茶碗の湯を建水《けんすい》に空けたら、次に茶巾《ちゃきん》を取って——。

そこまで昨日織に習った薄茶点前《うすちゃてまえ》の手順を頭の中で復習したところで、「貴史さん」と襖の向こうから織に声をかけられた。

「開けてもよろしいですか」

「ええ、どうぞ」

貴史は織が着替えに貸してくれた着物の裾を正して座り直すと、楚々とした足取りで部屋に入ってきた織を迎えた。

常日頃から和服しか着ないという織が醸《かも》し出す雰囲気は、同じように着物を着ていても貴史のそれとは明らかに違う。きっちり合わせた襟元が清潔感に溢《あふ》れて美しい。織を見ていると貴史まで背筋がすっと伸びる。

穏やかで綺麗で上品なこの美青年が、貴史がここに連れてこられた夜には、上條の手で乱されあられもない姿を晒したなど、嘘のようだ。

手持ちぶさたなので、もしよかったら少し茶の湯を教えたいと織に言われ、昨日一日教授してもらったら、ますます信じ難さが増した。

「すみません、退屈でしょう?」

すっすっと滑るように優雅な足運びで畳を歩いてきた織が、貴史と向き合って正座する。背中で一括りにした髪が揺れ、やはりほのかに白檀が香る。見ているだけで心が洗われるような織の立ち居振る舞いに、貴史は拉致監禁されているのだということすら、ときどき失念しそうになる。

「いいえ、そうでもありません。昨日のお復習《さら》いをしていました」

貴史が答えると、織は安堵したように柔らかく微笑んだ。

「貴史さんは非常に筋がよろしくていらっしゃいます。昨日一日で、ほぼ流れを覚えておしまいになった」

「いや、そんなことは。織さんに手取り足取り教えていただいたからです」

「最初にお教えした盆略《ぼんりゃく》点前でしたらいつでも気軽にできますので、ぜひご自宅でもお試しください」

そうしますと頷きながら、さていったいいつここから帰らせてもらえるのか、と貴史は肝心のことを考えた。

織はとても親切で礼儀正しく、貴史は知人の家に世話になっているのとほとんど変わらない気持ちで過ごしている。だが、ずっとこのままであるはずがない。織にも茶道家としての仕事があるだろうし、貴史も本来なら明日からまた出勤だ。退職までの最後の週になるはずの月曜日が来る。

「貴史さん、実はお願いがあるのです」

しばらくの沈黙のあと、織が膝を少し貴史の方にずらし、真摯《しんし》な面持ちで切り出した。

先のことを考えて不安な気持ちになりかけたところだった貴史は、何を言われるのかと体を強張らせ、じっと織を見つめ返す。

上條と東原の間で何か話がついたのだろうか。

これから自分がどうなるのかさっぱり見当がつかず、平常心を保つのが難しい。任侠《にんきょう》映画の残虐なシーンが次から次へと頭に浮かび、恐怖に身が竦む。織の、いかにも申し訳なさそうな、自分を責めるように哀しげな眼差しが、不穏な想像を煽る。

東原が貴史を救わないのは仕方のないことだ……。貴史はすでに何回も胸の内で考えたことを、ここでもまた繰り返した。

捕まった貴史が迂闊だっただけだ。東原が貴史のために何かを犠牲にするはずがない。少しでもそんな期待をしていた上條は、東原を甘く見すぎている。東原にとって最も大切なものは何か、測り間違っているのだ。

できれば、貴史を駆け引きに利用しようとしたところで無駄だとわかってくれと願いたいところだ。しかし、もはやそれでは引っ込みがつかない、せめてもの腹いせに貴史を嬲らなくては気がすまないというのなら、諦めて受け入れるしかないだろう。隙を突いて逃げられるものならもちろん逃げるが、今はだめだ。状況がはっきりするまでは東原の不利益になるかもしれないし、見張りを命じられた織にも落ち度が生じることになる。行動を起こすなら織の手を離れて上條の許に行ってからだが、そうすると、逃げおおせる可能性は絶望的に低くなりそうだ。

貴史はできる限り織の精神的な負担を軽くしようと、何も恐れていない振りをして、「なんでしょうか」と続きを促した。

二、三日のうちには片をつけるようなことを上條が口にしていたことも鑑《かんが》みて、おそらく今後の貴史の処遇についてに違いないと予測する。

ところが、織の話はそれとはまったく関係ない茶事のことだった。これから客を招いて薄茶点前を供するので、貴史にも手伝ってほしいと言う。

「難しく考えていただかなくて大丈夫なのですが」

「はぁ、でも」

ギリギリのところで踏ん張って恐怖心を抑えつけ、なるようになるだけだと覚悟を決めたはずが見事に肩透かしを食らわされ、貴史は咄嗟に頭がついていかなかった。安堵感よりなにより戸惑いや混乱が大きい。

「お二方みえまして、お一人へは点て出しをお運びしたいのです。昨日、貴史さんは実にお上手に薄茶をお点てになりました。ふっくらときめ細かな泡が立っていて、苦みの後にほろりとした甘さの感じられる、とてもいいお味でした。きっと、心を込めて点てられたからだと思います」

「褒めすぎです、織さん」

貴史は慌てて胸の前で手を振り否定する。謙遜というより否定だった。見よう見まねで初めて点てたお茶には過分な言葉だと思う。気持ちを込めて点てたのは事実だが、それにしてもそこまで言われるほどのものだったとは思えない。あまり大げさに持ち上げられると、面映ゆくてどんな顔をすればいいかわからなくて困った。

だが、織はきっぱりと言う。

「私は心にもない口先だけの言葉は申しません」

「……ありがとうございます」

ここまで言われてさらに退くと、反対に織に失礼に当たる。

貴史は素直に礼を述べ、丁寧にお辞儀した。

結局、貴史も水屋で薄茶を一服点て、頃合いを見計らって末客に出しに行くことになった。

昨日ほとんど一日中、織と一緒に客間を兼ねた茶室で過ごしたため、貴史にも勝手はわかっている。

すでに客人は定座に着いているとのことだ。

いつのまに来客があったのか、貴史はまるで気づかなかった。今日は朝からずっと宛てがわれた部屋に籠《こ》もっており、織から借りた本を読んだり昨日のお復習いをしたりして静かに過ごしていたからだろう。

「ご存じかと思いますが、茶事には一期一会という有名な言葉があります。今日ここで貴史さんの点てたお茶を飲まれる方のために、心を込めて点てて差し上げてくださいますか。それ以外のことは、出し方の作法であれなんであれ考えていただく必要はありません」

茶室に向かう途中、出し方について質問した貴史に織が答えたのは、それだけだった。

少々心許なさは感じるものの、貴史にも織の言わんとするところは察せられたので、一服のお茶にもてなしの気持ちだけを込めることにする。

木製の棚に、茶事に使う道具類が整然と並んだ水屋に入る。

壁と襖で仕切られた隣が八畳の茶室だ。

茶室には客がいるはずだったが、衣擦《きぬず》れの音はもちろん、話し声一つ聞こえてこず、水屋からでは中にいる人の気配は窺えない。

織が水指《みずさし》を持って茶道口の手前に正座し、優雅な手つきで襖を開けて中に向かって真の礼をしたときにも、貴史のいる位置からは客の座っているあたりは見えなかった。

水指の次には、棗《なつめ》と茶碗、そして柄杓と蓋置を仕組んだ建水と、道具をすべて運び終えた織が薄茶点前を始める。

聞こえてくるのは、しゅんしゅんという釜の湯が沸く微かな音、畳に衣服が擦れる音、カタン、カツ、と道具を扱う際の音などで、話し声は一言もしない。二度ほど客が咳払いをしたが、それ以外で存在をあからさまに知ることはなかった。

水屋の陰から織の後ろ姿をそっと窺っていた貴史は、茶碗を清める所作がすむのを見届けると、自分も薄茶を点てる準備を始めた。

織が懇切《こんせつ》丁寧に教えてくれたことを細かに思い出しつつ、見知らぬお客のために心を込めて茶筅を動かす。

昨日点てたときも実はそうだったのだが、点てている最中、貴史がずっと脳裡に浮かべていたのは東原のことだった。

実をいえば、貴史は東原がお茶を飲んで寛いでいるところなど、まだ一度も見たことがない。ひたすらベッドで寝るだけの関係で、それ以外でなにか一緒にする機会に巡り合わせないからだ。

それでも、もしこれを飲むのが東原ならばと勝手に想像しているうちに、貴史の心は自然と和らぎ、優しく穏やかな心地になっていた。常に神経をピリピリ尖らせ、ゆっくり休む暇もなさそうな東原に、せめて美味《おい》しいお茶でも飲んでほしい。そんなふうに東原を思いやりつつ点てた。その気持ちが伝わったかのごとく、ふんわりとした綺麗な泡ができたのだ。

実際に東原に薄茶を出す機会があったとしても、たぶん東原は貴史がどういう気持ちで茶筅を扱ったのかなど、想像もしないだろう。

もちろん貴史は東原に気づかれたいとは思っていない。ただ、自分にできることがあるならば、さりげなくしたいだけなのだ。

我ながら滑稽《こっけい》ではあるが、誰かに囚われるというのは、こういうことのような気がする。

東原が貴史をどういう存在だと認識し、いかに遇しようとも、それと貴史が東原にどんな感情を抱くかとは別問題だ。

貴史は、東原のことを想うときにざあっと全身を襲う、鳥肌が立つような感触が意外と好きだ。体の奥が疼きだし、首筋や額に微熱を感じてぼうっとする感覚も悪くない。

ときどき東原に対するひそかな愛情の遣り場に困り、苦しい思いを味わうこともある。東原に受け止めてもらえるとは考えていないため、積もり積もると本気で辛い。息苦しい。この先ずっと、東原を好きでいる限りこの気持ちを抱えていなくてはならないのかと思うと、早晩挫《くじ》けてしまいそうな予感もする。

それでもやっぱりあの男が好きなのか、と自問した。

答えはふっくら泡立った薄茶に表れている。

貴史は長い思考の旅から現実に返った心地で、使い終えた茶筅を傍らに立てて置いた。

両手でしっかり茶碗を持ち、茶道口に向かう。作法は気にしなくていいと織に言われていたものの、いざ人前に出るとなるとやはり緊張する。慣れた客人が貴史の不作法さに眉を顰めたらどうしようと心配した。

幸い、点て出しを運ぶタイミングはちょうどいいようだった。正客が茶碗を手に持ち、顔の前に持ってきて口をつけたところだ。

中の様子をそこだけ確かめて、貴史は静かに茶室に進み出た。

点前座に凛として正座している織の背中が頼もしく感じられ、背中を押された気持ちだ。

それでも、誰一人口を開かない静かでキリリと引き締まった場の雰囲気には、否応なしに緊張する。とても周囲を見渡す余裕はなかった。客の姿もしっかりとは目に入れられない。ただ、スーツ姿の男が二人並んで座っていることだけ認識していた。正客はオフホワイトのスーツ、末客は麻のスーツだ。顔はあえて見なかった。視線が合ったときどうすればいいのかわからなかったのと、ますます意識して身が硬くなりそうだったからだ。

不慣れな着物、そして畳の縁を踏まないようにと足運びに気を取られ、動きがぎこちなくなる。目線はつい足下に行く。

なんとか末客の前に正座をし、手にした茶碗を右手で出した。

「貴史」

馴染んだ男の声を耳にしたのはそのときだ。

えっ、と驚いて、貴史は今の今まで漠然と目に映すばかりだった男の顔を初めてしっかり正面から見た。

「ひ、東原さん……！」

まるで考えもしなかった展開に、貴史は畳に置いたばかりの茶碗をもう少しでひっくり返してしまいそうになるほど動顛《どうてん》した。

「……どうして、どうしてここに……」

頭が混乱し、しどろもどろになる。

久々に顔を合わせた東原は、少し疲れているようにも見えたが、皮肉っぽく唇の端を上げた薄笑いの表情や、貴史の心を見透かすような鋭く怜悧《れいり》な眼差しは相変わらずだった。夏らしい麻のスーツも似合っている。堂々とした胸板に思わず縋りたくなったが、ぐっと我慢した。

もう一度会えた——この先どうなるかわからない、少なくとももう東原と関わることはないだろうと半ば諦めていただけに、じわじわと感激が湧いてくる。

感情は表に出ずとも貴史の心の中はうまく言葉も綴れぬほどの興奮が渦巻き、歓喜と驚愕《きょうがく》と感謝の気持ちでごちゃごちゃだった。

「約束どおり、先生は無傷で返すぜ、東原」

隣から、この二、三日耳朶《じだ》にこびりついて離れなかった男の声が割って入る。

上條宗親だ。

貴史は上條に視線を移し、ますます信じ難い気持ちになった。正客席の白スーツの男は茶室に

入る前にしっかり見たはずなのに、全然気づかなかった。顔は茶碗に隠れてよく見えなかったが、それにしてもあれだけ強烈な印象を残していった相手をわからなかったとは、よほど余裕をなくしていたらしい。

上條は鼻歌でも歌いだしかねないほど上機嫌だ。何がそんなに愉しいのかと問い質したいほど、満悦しきり、揶揄を隠さない顔をしている。それに対して東原は苦虫を噛み潰したような仏頂面で、上條の隣におとなしく座《ざ》しているのがいかに忍耐を要することなのか、貴史にもまざまざと推察できた。

「呆れたもんだぜ。俺に気づかないとはな」

東原は忌々しげに貴史を一睨みすると、やおら茶碗に手を伸ばし、作法もなにもなく正面だけ避けて口をつける。

それまでじっと前を見て座っていた織が、客座のほうに体を向けた。

音を立ててお茶を啜り上げ、茶碗を下ろした東原に、織が柔らかに微笑みかけながら聞く。

「いかがですか、東原さん」

「ああ。悪くない」

東原はぶっきらぼうに短く答えた。

正面切って褒められたわけではないが、それを聞いて貴史はホッとする。図らずも、東原のことを想って点てた茶だ。それを本人が口にしてくれた。まずいとは言わなかった。それだけで気持ちを汲み取ってもらえた心地になる。丁寧に心を込めて点ててよかったと感じ、満たされた。

東原のそっけない返事に、織はさらに目元を優しくした。

「……羨ましい限りです」

含みありげにそんなふうに言う。貴史にはどういう意味か測り切れなかった。

東原は不本意そうに眉を寄せただけでなにも返さず、いきなり膝を崩して腰を上げた。

「帰るぞ」

貴史の腕を取って立ち上がる。貴史も慌てて従った。

「あ、あの、東原さん！」

待ってください、と制止する間もなく、強い力で腕を摑まれ、引きずられる。

まだ織に礼を言っていない。この着物も借り物だ。

頭ではあれもこれもと焦るのに、現実には東原について歩くのが精一杯で、「あの」とか「待ってください」しか口に出せなかった。

いったいどういう経緯で東原が迎えに来てくれたのか。

もしかすると東原は貴史のためになにか不利益を被ったのではないか。

そうであるなら、なぜ来てくれたのだろう。

聞きたいことが多すぎて、どれから聞けばいいか迷うばかりだ。

ただ、嬉しかった。迷惑をかけて悪かったと思う以上に、東原から見捨てられなかったことが嬉しくて、目頭が熱くなる。

「二度も攫われるような間抜《まぬ》けなことになってみろ。次はただじゃおかねぇからな」

ずんずんと大股で廊下を歩きながら、東原が低く押し殺した声で言う。歯軋りするのが聞こえるような調子だった。

「すみません」

貴史も神妙に謝る。

その途端、貴史の腕を取ったままだった東原の手にぎゅっと力が込められた。痛いくらいに強く摑まれる。

心配——してくれたのだ。

今度は鼻の奥までツンとしてくる。

「仁賀保織が礼節を弁えた茶道家だったことに感謝しろ」

「はい。……本当に、いい方でした」

「どいつもこいつも因果なやつらが揃ってやがる」

ここでも東原は、貴史には今ひとつ意味のはっきりしないことを、舌打ちせんばかりの苦々しさで呟いた。なんとなく自嘲も混じっていた気がする。

足袋《たび》のまま表に出る。飛石伝いに歩かされていくと、門の外にタクシーが一台停まっているのが見えてきた。

「乗れ」

そのまま追い込まれるようにタクシーに乗せられた。

続いて乗り込んできた東原が迷いもせずにいつものホテルの名を運転手に告げる。

貴史はこれで本当に平常に戻ったのだと感じ、張り詰めていた糸が切れたように背凭れに身を沈めた。

*

東原が貴史を引き立てるようにして連れて出たあと、宗親はフンと鼻を鳴らして行儀悪く片膝を立てた。

「あの男もしょせんはただの男だな」

顔面蒼白になったところが一度でいいから見てみたい。それも、ヤクザ間の揉め事や争いが原因ではなくて、より人情の絡んだところで、思い切り動揺し、狼狽えるところが見たかった。

それはまんまと成功し、宗親もそれなりに溜飲《りゅういん》を下げたが、思いがけない東原の熱さや執着を知らされて、しらけるのと同時に羨望《せんぼう》を覚えてかえってもやもやした気分になった。これは予想外だ。

「今回は……少々悪ふざけがすぎたのではないですか」

茶碗と茶杓を清め、袱紗《ふくさ》を捌《さば》いて腰に戻した織が、淡々と意見する。皮肉とか呆れたといったふうなことは特に匂わせず、ただ自分の感じたままを口にしただけらしい。穏やかな白い横顔からは、感情らしい感情は読み取れない。

織はいつもこんなふうだ。

初めて抱いたときも、何もかも悟り切って諦めたような潔さが憎らしかった。

だから、その後もずっと、乱れて泣き喘ぐ顔が見たくて、桜色の唇から宗親に縋る言葉を綴らせたくて、無茶ばかりしてしまう。

達観した人間は嫌いだ。面白みがない。もっと人間らしい欲をさらけ出させたくなる。一皮剝けたときの本当の顔が宗親は見たいのだ。それがどれほど醜悪《しゅうあく》でも、取り澄まして本音を隠しているときより、数倍愛しく感じられる。

東原の場合でも、愛情を湧かせている相手に対しては、どこまで普段の自分を捨て去れるのか、試したかった。結果は想像以上だったといっていい。よもや男の恋人一人のために、稼ぎのいい店を一つ、ビルごと譲り渡すとは思わなかった。まるっきりあの男らしくない。

ばかめ、たかだかオンナのために。そう嘲笑ってやるつもりが、蓋を開けてみれば敗北感だけが色濃く残っている。

そこまで想える相手がいる東原がかえって羨ましくなった。

オンナのためにばかができる東原の剛毅さに、不覚にも惚れ直してしまったようだ。

前からずっと東原という男に関心を持ち、陰ながら見続けてきた宗親は、実は心の奥底で東原に振り向いてほしいと望んでいた。だが、自分から東原に対して行動を起こすことはできなかった。抱くならともかく、抱いてくれと東原に迫るなど論外だ。宗親には容易に自分の気持ちが認められなかった。

そうこうしているうちに、あれほど誰にも本気にならないと豪語していた東原が、どうやら特別な存在を作ったようだと聞いたのだ。確かめて、もし本当ならば引っ搔き回してやらずにはいられない気持ちになった。

嫉妬《しっと》もあったが、それ以上に東原を苦渋させたかったのだ。

どうやって切り抜けてみせてくれるのか、そこが楽しみだった。

思うに、今、宗親が感じている後味の悪さや虚しさは、東原があまりにもストレートに、なんの対策や反撃もせずに投降したからに違いない。

なるほど俺はあの男と戦いたかったのか——遅ればせながら宗親は気づいた。

真っ向から勝負を挑んで、自分を受け止めてほしかったのだ。

「しくじったぜ」

「えっ?」

道具をすべて水屋に片づけて戻ってきたばかりのところだった織が、宗親の洩らした呟きを聞き咎《とが》め、訝《いぶか》しむ。

宗親は傍らに膝を突いて座りかけた織の腕を引くと、「あっ」と声を上げて倒れてきた細身を抱き上げて胡座に載せる。

「あいつを攫ったりするんじゃなかったな。そうすれば俺はもっと東原との駆け引きを愉しめるところだったんだ」

「宗親さん……」

織が目を瞠《みは》る。思いがけないことを耳にしたとばかりだ。黒い瞳に控えめな歓喜の色合いが浮かんでくる。宗親の言葉が織には嬉しかったようだ。今後は東原と競うために、二度と誰かを巻き込むことはしないだろう、と安堵したのかもしれない。もちろん、心を入れ替えたとか、そこまで大げさな話ではない。人の性質がそれほど簡単に変わるものではないことくらい、織も重々承知しているはずだ。ほんの少しの心の変化を、織は宗親のために喜び、歓迎したのだ。

こいつもせつなくて愛しいやつだと思う。

宗親は織に顔を近づけ、小さな唇を柄にもない優しいキスで塞ぐ。

「……あっ」

心地よさげなあえかな声。

織とキスをするのは二度めだ。以前はどれほど興が乗ってもしなかったが、さすがにこの前は自分の精を飲ませたいたいけな唇を塞がずにはいられず、情動のままキスしていた。

織は感激して泣いていたようだ。ずっとキスされるのを望んでいたのだろう。そう思うと、胸にぐっときた。

宗親はぬめるような長い黒髪に指を入れ、しっとりした感触を味わいながらキスを続けた。

「ん……、ん、……あ」

キスだけで感じてきたのか、織は自分からねだるように宗親の胸元に指を這わせてきた。

「俺が欲しいのか？」

いつもなら、この淫乱、などとわざと辱《はずかし》めるために続けるところだったが、この場はそんな意地悪をする気になれなかった。

「宗親さん」

濡れた唇をそっと舌で舐め、織がはにかむ。いくつになっても少女のように儚《はかな》げで綺麗な男だ。

一目見るなり抱いて自分のものにしたいと思った日のことを鮮烈に思い出す。思えばあれも人生における重大な瞬間の一つだったのかもしれない。今さらながらそんな気がしてくる。

「抱いてほしいなら目を閉じろ」

「あっ」

耳朶を軽く噛んで囁くと、織はビクンと身を震わせた。

静かに瞼を閉じる。

宗親は長い睫毛に引き寄せられて、瞼の上にもキスをした。

織の唇からうっとりとした吐息が洩れた。

いつものように突き飛ばして押し倒すのではなく、注意深く織の体を畳に下ろそうとしたとき、不意に水屋の方から「あのう、お坊ちゃま」と遠慮がちな声が聞こえてきた。

織はハッとして目を開け、宗親に預けていた体を起こす。

「な、なんでしょうか、松子《まつこ》さん？」

週に二度、昼間通ってきているお手伝いだ。

「香西さんとおっしゃる方が、若先生にお目にかかりたいということでおいでになってますが、どういたしましょうか？」

「香西……、香西誠美《まさみ》さんですか？」

着物の皺を伸ばして立ち上がり、水屋へと出ていきながら織が意外さを隠さず聞き返す。

「はい、そうです。そんなお名前でございました」

「お一人ですか？」

「いえ、お若い男の方がご一緒です。そちらの方にも茶の湯を習わせたいご様子で」

宗親は二人の会話をそこまで茶室から聞いたところで、取りあえず今は退散するべく立ち上がった。香西の親分が相手なら、織を独り占めするわけにはいかないだろう。

「相変わらず好色でフットワークの軽い元気なオヤジだぜ、香西のやつは」

声を憚りもせず嫌みたっぷりに言いつつ、水屋にふらりと顔を出す。

たちまち松子の太った体が強張り、表情も青ざめた。このお手伝いに、宗親はなぜか相当怯えられている。だが、それは他でもままあることで、特に気にしていない。

「俺は帰るぜ、織」

「宗親さん」

水屋を出ていきかけた宗親を、織が未練を微妙に滲《にじ》ませた声で呼び止めようとする。

「香西の相手をしてやれ。おまえがこっちに来てるって本邸で聞いて、わざわざこんな辺鄙《へんぴ》な場所まで来たんだろ。新しい生徒まで連れてきてるんなら、断れた筋じゃないだろうが」

「でも……」

「夜、出直す」

宗親は織の言葉をぴしゃりと遮ると、怯える松子の横を擦り抜け廊下に出た。

そのまま振り返らずに茶室を後にする。

「香西さんとお連れ様をこちらにご案内してください」

織が松子にそう頼むのを背中に聞いた。

せっかく織を抱こうとしていたところに、とんだ邪魔が入ったものだ。

しかし、宗親の気分はそう悪くなっていなかった。

織をじっくり布団で抱くのも久しぶりで一興だ。たまには酷い仕打ちはなしにして、可愛がれるだけ可愛がってやるのもいい。特に今はそんな気分になっている。

玄関脇にある四畳半あまりの部屋の傍を通りかかったとき、偶然襖が開いて中から二十五、六と思しき青年が出てきた。

「たぶんシートの下に落ちたんだろう。悪いな、佳人《よしと》」

青年に向かって部屋の奥から声をかけたのは香西だ。

どうやら車の中に懐紙《かいし》か何か茶道に使う道具を忘れたらしい。それを青年は取りに戻るところのようだ。

「はい、見てみます」

いかにも気立てのよさそうな、理知的で涼やかな美貌の男だった。香西がここ何年もの間飽きずに傍に置いている愛人というのはこいつのことか、と宗親は佳人と呼ばれた青年を一瞥《いちべつ》する。

佳人は後ろ手に襖を閉めると、玄関ホールにいた宗親と視線を合わせ、礼儀正しく会釈《えしゃく》してきた。

宗親は佳人を無視して靴を履き、さっさと先に表に出てしまう。

香西の愛人になど用はない。

それより宗親の頭を占めるのは、次こそは東原ともっと勝負そのものを愉しんでやろう、ということだった。

もう一度真っ向からやり合ってみたい。今回の貴史を盾にしての攻防は、前哨戦《ぜんしょうせん》にすぎなかったのだ。そう考えると俄然《がぜん》気分が昂揚《こうよう》してくる。

きっと次も受けて立て、東原——梅雨の晴れ間の薄青い空を振り仰ぎ、宗親はニヤリと唇を吊り上げた。

＊

いつものホテルに連れていくなり、当然の権利だとばかりにベッドに押し倒しても、貴史は嫌だと抵抗しなかった。

汚れた足袋を脱がせ、帯を解いて灰緑色《かいりょくしょく》の着物を剝《は》ぐ。

ざっと見たところ、はだけさせた体のどこにも暴力を受けた痕跡は見当たらない。手首や足首を縄で縛られていた形跡もなければ、切り傷や火傷の痕などはもちろん、引っ掻き傷一ついていない。東原も半ば以上あれは宗親のはったりだったのだろうとは思っていたが、これで本当に安心した。

「なぜ仁賀保のところでおとなしくしていた？」

あそこからなら逃げようと思えばいくらでも逃げられたはずだ。

貴史はどう答えようかと悩むように眉を寄せ、東原にじっと見据えられる気まずさからか、フイと顔を横に倒した。

おおかた貴史のことだ、軽はずみなまねをすれば東原に迷惑をかけるとでも考えたのだろう。

「馬鹿野郎が」

東原はつくづく自分の腑甲斐なさが身に沁みて、貴史にというより自分自身を罵倒して言った。いくら身近にいた織が親切で優しかったとしても、そこいらのヤクザよりよほどヤクザらしい男に捕らわれ、脅された貴史の恐怖と不安を思うと、もっと自分が気を遣ってやるべきだった、しっかり守ってやるべきだったと後悔せずにはいられない。

どんなに普段気丈に振る舞っていようが、助けが来なかったときのことを考えれば、やはり兢々《きょうきょう》としただろう。夜もぐっすりと寝られたわけがない。

それなのに、こうして無事自由になってからも東原に一言の弱音も吐かない貴史が、無性にもどかしく、かつ愛おしい。

もっと自分に寄りかかり、頼ってこいと思う。

今回はしくじったが、二度と不様な敗北を喫《きっ》するつもりはない。自らの矜持にかけても東原は貴史に見限られたくはなかった。

今までどんなオンナにも本当の意味で愛していると言ったことはないのだが、それは、そこまで想うほどの相手に巡り合わせなかったからだ。

貴史には、この重く深い言葉をいつかきっと告げることになるだろう。

すでに気持ちの上では認めている。胸の内でならばもう何度でも繰り返していた。

着ているものをすべて脱ぎ、床に投げ落とす。

行為を始める前に東原が全裸になるのは、たぶんこれが初めてだ。貴史も意外そうな顔をしている。どうした気まぐれかと訝ったようだ。

ミシッとベッドを軋ませ、貴史の上にのし掛かる。

胸まで押し潰されて、貴史は深い吐息を洩らす。

東原は貴史の両手首を摑んでシーツに磔《はりつけ》にすると、軽く開かれた唇に自分の唇を押しつけた。

「……ん……っ」

くっつけては離し、離してはまたくっつけるといった小刻みなキスを繰り返す。

外はまだ薄暮《はくぼ》で、レースカーテンだけを閉めた室内は十二分に明るい。

普段の貴史ならこんな状況で抱き合うのは躊躇いを捨て切れず、最初のうちはぎこちなく、されるままになっているだけのことが多い。しかし、今日はさすがにいつもとは気持ちの昂り方が違うようで、キスの途中から自分からも積極的に舌を動かしてきた。

舌を絡め合う濃厚なキスの合間に貴史が立てる色気の滲む喘ぎ声は、東原の劣情を煽る。

徐々に唇を首筋、鎖骨、胸元へと下ろしながら体をずらしていく。

ポツリと突き出た乳首を唇で挟み、吸い上げたり舌先で舐めたり突いたりしてやると、貴史はたまらなそうに身を捩り、あえかな声を出す。もう一方の乳首は指で弄って刺激した。

「い、……いつもと、違う……」

貴史が困惑した表情で助けを請うような眼差しを向けてくる。瞳はすでに欲情を帯びて潤んでいた。これまであまりかまわれなかったところを今日はあちこち愛撫され、戸惑っているらしい。

「俺をワンパターンで手抜きなことしかやれない男だとでもいうつもりか？」

「そうじゃなくて……」

「だったらおとなしく感じてろ」

東原は傲慢《ごうまん》に突っぱねると、脇腹や臍のまわりにまで指を辿らせた。

感じやすい箇所に触れるたび、貴史の体は電気を流されたようにビクッと跳ねる。

「あ…あっ、あ、……いや、あっ」

愛撫に応えて淫らに喘ぐ貴史の姿を見ると、東原の体も火がついたように熱くなる。こいつは俺のものだ。誰にも触れさせないぞという激しい独占欲が湧き、宗親に猛烈な嫉妬心を感じた。結局貴史には指一本触れていないと宗親は言っていたが、果たして真実かどうかは確かめていない。

「あいつはおまえに何をした？」

唐突な問いかけだったが、貴史はすぐに首を振って「何も」と答えた。悦楽に身を委《ゆだ》ねて翻弄されている最中でも、東原が誰のことを聞いているのか即座にわかったらしい。

答えるなり貴史は、乳首を摘んで磨り潰すように擦り合わされたのに反応して、艶っぽい悲鳴を上げた。ほとんど嬌声に近い声だ。

はぁあっ、と呻くような声を洩らし、手の指でシーツをまさぐる。

下腹に挟まれた互いのものは、どちらもすでに勃っていた。身動きするたびに相手の体に触れて刺激を受け、さらに硬度と嵩《かさ》を増す。東原がわざと腰を動かし、自分のものを貴史のそれに擦りつけると、貴史は狼狽えて赤くなる。苛めがいがあって愉しかった。

上條さんには何もされていない、と断言する貴史の言葉を信じ、東原はそれ以上そのことには触れなかった。

「それにしても宗親が仁賀保織と知り合いだったとはな」

迂闊だった。東原はギリリと歯噛みする。

香西の話から組長が家元と懇意なのは知っていたが、宗親と織を結びつけては考えなかった。社会の規律や常識とほぼ無縁に、したいことだけして破天荒《はてんこう》に生きているイメージのある宗親と、二十八で助教授の免許まで持っている真面目で謙虚そうな織とでは、あまりにもかけ離れすぎている。まさか宗親が、拉致してきた貴史を預けるほど織と親密な付き合いをしていたとは、誰も想像しないだろう。

たまたま香西に誘われて、織とは今度の件が起きる直前に顔を合わせていただけに、まんまと裏をかかれた気分だ。

成田組を中心とする反東原派の連中との関係が、ここに来て一段と悪化していた背景もあり、貴史を攫ったのはてっきりやつらだろうという先入観があったのもまずかった。組内部で派閥争いが生じているのを承知の上で、今行動すればまず成田たちに目を向けさせられると踏んだ宗親の見切り勝ちだ。悔しいが、東原たちはまさに宗親の読みどおりにミスリードされ、丸一日無駄にした。

不幸中の幸いは、宗親が貴史を本当に無傷で返してくれたことだ。

それだけでもよしとしなければならない。

「東原さん」

貴史が息を弾ませつつ東原の顔を見上げ、申し訳なさそうに顔を歪ませる。突然、忘れていたことを思い出したようだ。悦楽に流されて喘いでいるうちに頭の隅に追いやってしまっていたことを、さっきの東原の呟きで思い出したのだろう。

「僕は東原さんに、何か取り返しのつかない損をさせたのではないですか……?」

でなければここにこうしていられるはずがない。貴史はそう考え、猛烈に自己嫌悪しているように見えた。自分のせいで東原に犠牲を強いたに違いないと思っているのだ。

「さぁな」

東原はどうでもいい顔をして曖昧《あいまい》な返事をする。

「俺と宗親の間でケリのついてる話だ。おまえには関係ない」

「……でも」

「いいから黙れ」

なおも食い下がろうとした貴史を、東原は、自分でもこんな喋り方ができるのかと驚くほど柔らかい声で宥《なだ》めていた。

これ以上よけいなことを言わせないよう、唇を塞ぐ。

んっ、と貴史はあえかに喘ぎ、僅かに顎を反らせた。突然の貪るようなキスに感じたらしい。

ぶるっと小さく震えた腰に、東原は貴史が体の芯まで痺れさせたのだと察した。

「……んっ、ん……あ」

唾液を載せた舌を差し入れ、燃えるように熱い口の中を蹂躙《じゅうりん》する。

口角から零れ落ちた唾液を指で掬って尖ったままの乳首に擦りつける。

「や、……あぁっ」

ゆっくりと濡れた唇を離すと、透明な糸がつうっと伸びて二人の間をしばらく繋いでいた。

「おまえはこれからもこうして俺に抱かれていればいいんだ」

照れくささもあって、東原はぶっきらぼうにしか振る舞えない。

今後のことを考えてみても、周囲の目を欺《あざむ》き、貴史から注意を逸らさせるには、体だけの付き合いだと思わせておくほうがいいだろう。冷淡で自分勝手で非情な男が、気まぐれに抱いている相手と目《もく》されれば、貴史の身に危険が迫る確率は減る。東原にはそれが最も重視したいことだった。

もう二度と今回のように気を揉ませられるのはごめんだ。

愛しているのは体に直接伝えていけばいい。

誰にも決して白状できないが、東原は平静を装った顔の裏で、身も世もないほど狼狽えまくり、不様に右往左往して頭をぐしゃぐしゃに乱れさせていたのだ。宗親と車に乗っている最中も指の震えがなかなか治まらず、ずっと拳を握りしめていなければならなかった。思い返すだけでカッと頭に血が上る。あれほど醜態《しゅうたい》を晒しかけたのは初めてだ。もう一度あったら憤死するだろう。

貴史はキスに酔ったのか恍惚とした表情で、黙って東原を見つめる。

「悪いようにはしない」

だからついてこいと東原は言外に含ませた。

「それは……東原さんも僕が……」

貴史は囁くほどの小さな声で、勇気を振り絞るように聞きかけたが、最後まで口にせず言葉を途切れさせて俯きがちになってしまった。

貴史が何を確かめようとしたのかは、東原にも察せられていた。しかし、東原はあえて気づかなかったことにして流す。

言葉で答えてやらない代わり、慈《いつく》しみを込めて髪を梳《す》き上げる。

自慢ではないが、こんなふうに前戯に時間をかけるのは貴史が相手のときだけだ。ここ数ヶ月というもの、貴史としかしていないので、東原は自分が甲斐甲斐しい男になった錯覚さえ起こしている。

髪に指を通されて頭皮を刺激されると心地いいのか、貴史は満ち足りた息をつく。

「白石のとこを辞めたら、自宅で開業するのか？」

「はい」

「潔いやつだな」

本当は、なぜ貴史が急にこんな決意をしたのかも薄々感づいている。

東原はふつふつと愛情を滾らせ、胸が詰まる心地を味わった。

腕を伸ばしてチェストの引き出しを開け、常備してある潤滑剤を手近に用意しておく。

キスと愛撫で熱を帯びた体は、次の行為を待ちかねていたらしく従順だ。

足を大きく開かせて、汗ばんだ内股を平手で撫で上げ、吸いつくような肌の感触を堪能する。

足の付け根や尻の谷間もうっすら湿りを帯びていた。熱と湿り気とほのかな匂いに官能を強く揺さぶられる。東原の股間は痛いくらいに張り詰め、猛っていた。

すぐにでも突っ込んで掻き回してやりたいと逸《はや》る欲情を抑え、手順を踏んで準備する。

二指に垂らしたローションを、きゅっと窄んだ襞《ひだ》に塗りつける。

「あっ、あ、……う」

貴史のそこは見てくれの慎ましやかさとは裏腹に、ひとたび触れると待ち焦がれていたような貪欲さで猥《みだ》りがわしく収縮し、差し出された指を奥へ誘い込もうとする。

「どうした。そんなに飢えていたのか」

「ほ、ほとんど一月ぶりに近いから……！」

珍しく貴史は赤面しながらも正直に欲望を吐露した。

「ああ。もうそんなになるか」

言われて気づいたふうに返しながらも、むろん東原も前がいつだったかは把握していた。正確には二十六日ぶりだ。そんな細かいところまで知っている自分が腹立たしい。いかに貴史に会いたいと思っていたか証明するようなものだ。

指を一本潜らせる。

「あっ、ああっ」

窮屈な器官を掻き分け、心地よい締めつけを受けながら、まず人差し指を付け根まで入れた。ローションでしとどに濡れた秘部は指を抜き差しするたびに卑猥な水音を立てる。

それが貴史には羞恥の極みのようで、絶えず左右に首を振っては髪をシーツに乱れさせる。東原ががっちりと押さえ込んでいる腰も、じっとしていられないように動く。

東原は指を二本、三本と増やすたびにローションを足し、貴史の体を十分に潤し解した。できるだけ痛みを感じさせず、悦楽だけを与えたかった。

「もう、……もう、ください」

いつになく前戯に時間をかける東原に、貴史は音を立てて唾を飲み込みながらねだってきた。顔は薄桃色に上気し、目はさっきよりさらに強い欲情を浮かべて潤んでいる。

「……お願いです、今日だけは焦らさないでくれませんか」

もう限界だと訴える目つきが色っぽい。

欲求を抑え切れずに切羽詰まっているのがわかる。貴史がここまでなりふりかまわなくなるところを見るのは初めてだ。

貴史はシーツに両肘を突き、上体を起こしかけた。

東原が三本の指を同時に抜くと、「ああっ」と顎を大きく仰け反らせる。

「舐めさせて……ください。東原さんの、舐めたい」

熱に浮かされたように大胆なことを口走り、貴史は体の向きを変え、東原の股間に顔を埋めてきた。

先走りの浮いた陰茎を躊躇いもせず口に含み込む。

気持ちよさに東原は低く呻いて貴史の頭を手で鷲掴《わしづか》みにした。

「んっ、……ん、……んっ」

舐めて吸えば甘い蜜が出るかのように熱心に口淫され、東原は感じ入った息を何度もついた。

貴史に存分に己のものを味わわせながら、肩や背中や髪を撫で続ける。

こんなふうに我を忘れて夢中になる貴史は、おそらくこの先そうそう見られないのではないかと思い、できるだけ長く至福のときを愉しんでいたかった。

次第に貴史が疲れてくるのが口の動きでわかり、東原は名残惜しいのを堪えて貴史の顎に指を這わせた。

「そろそろ下の口に突っ込ませろ」

口から出せ、と顎から頬を指で辿り、頬を軽く突いて促す。

貴史は素直に顔を離した。

東原の隆起したものは、唾液で濡れて喩《たと》えようもなく淫靡な様相をしている。

「前からがいいか、それとも後ろからか？」

「……前、が」

躊躇いを払いのけるようにして貴史が答える。普段なら恥ずかしがってなかなか素直に言わなかっただろう。いかにもストイックな外見をしているだけに、ベッドで見せる思いがけない顔に惹きつけられる。もっと乱して恥ずかしいことを山ほどさせたくなる。東原は昔から意外性のある人間が好きなのだ。

正常位で貴史を組み敷き、両足を折り曲げて上げさせた。

秘部に先端をあてがう。

「あ、あぁ……」

ぬるぬるしたものをお互いになすりつけ、ときどき力を入れて襞の中心を押し開く。

「焦らさないで、東原さん！」

いつまでも挿入しない東原の意地悪な仕打ちに、貴史がたまらなそうに哀願する。

「お願い、入れて」

一思いに突き上げて、と淫らなセリフを口にして、つっと瞳の際から透明な雫を一筋流れ落ちさせる。

それを見届けた東原は、フッと笑って、遊ばせていた腰を荒々しく突き上げ、猛った陰茎を貴史の中に根本まで押し込んだ。

「あぁぁっ、あっ、あっ！」

しっとり濡れた狭い器官に抱きしめられて貪婪《どんらん》に引き絞られる。

東原まで感じている声を上げそうになった。

「フッ……よく締まる」

腰を抱え上げて引き寄せ、さらにぐぐっと奥を抉ると、貴史は立て続けに嬌声を放ち、惑乱したように激しく首を振った。

「そのまま締めてろ」

快感に噎《むせ》ぶ貴史に、そっけないが熱っぽい声をかけ、東原は本格的に抽挿《ちゅうそう》し始めた。

先端の括《くび》れまで引きずり出したものを勢いよく突き戻す。

貴史の口からひぃっと切羽詰まった悲鳴が上がった。

シーツを引き寄せる爪の先が色をなくして白くなっている。

「俺のものだ、貴史」

愛しているから離したくないと言うべきところを、東原はそんなふうにごまかした。

「あっ、あ、あぁぁ」

東原の腰の動きに合わせて貴史が喘ぎながら乱れる。

濡れそぼった部分を接合させ、擦り立て、掻き混ぜるたび、「いい」と口走って泣く姿は凄絶に淫らで、情事に慣れた東原をもくらりと参らせた。

スプリングが軋むほど激しく抜き差しする。

「ああ、……い、イク、……イクッ！」

前立腺を中から巧みに押し上げながら淫液でべとべとになった股間の勃起を扱《しご》いてやると、貴史は腰を捻って体を折り曲げ、上体だけ横向きにしてシーツに縋りついた。

ビクビクと太股を痙攣《けいれん》させ、濃い雫を脇腹の上にどろりと吐き出す。

「……あぁ……うっ」

達したあと、貴史はしばらくぐったりして呼吸を荒げていた。

「貴史」

東原は貴史がある程度落ち着くまで腰の動きを止めるつもりで、肩や腕、脇などにキスを散らしつつ待った。

「……東原、さん……」

貴史が横に捻った体を元に戻して仰向けになり、東原を赤くなった目で見上げてくる。

東原は貴史の顔に落ちてきていた前髪と横髪を払いのけると、熱を持った頬に指先を辿らせる。

「おまえ、後悔しないか？」

「何を、ですか……？」

貴史が穏やかな顔つきで聞き返す。どんな答えが返ってきてもいささかも動じない自信が窺える、静かだが強い表情だった。

こいつはすでに俺とある意味一蓮托生《いちれんたくしょう》のつもりなのだ——東原はまざまざと貴史の覚悟を感じ取り、心臓が震えるほどジンときた。

そこまで強い気持ちでいてくれているとは思わなかった。

情の濃さに感嘆する。果たして東原自身にそれに応えるだけの甲斐性があるのかどうか、逆にそっちが心許なくなってくる。

だが、東原はすぐにいつもの強気を取り戻した。

「いや、いい。なんでもない」

前言を翻すと、「動くぞ」と前置きして再び貴史の腰を抱えた。

少しの間だけ治まっていた熱が再び体中に戻ってくる。

東原は貴史を容赦なく揺さぶり、抽挿して自らの昂りを刺激し、上り詰めていく。

「あぁ、いいっ！　いい、東原さんっ！」

羞恥も何も忘れて乱れる貴史を見下ろしながら、東原は興奮を煽られ、余裕をなくして普段より早く禁を解いてしまった。

貴史の中に欲情の飛沫を迸《ほとばし》らせる。

熱い白濁を浴びせられた貴史は、全身を二、三度小刻みに引き攣らせると、シーツに手足を伸ばしてくたりとなった。

「おい」

大丈夫か、と貴史の放心したような顔を覗き込む。

「……はい」

貴史は俯きがちになったまま、はにかんだ様子で頷いた。夢中で痴態を晒したことが頭にあって、恥ずかしさのあまり東原をまともに見返せないらしい。

ここでもっと何か気の利いた言葉をかけてやらなくてはと思うのだが、どういうわけか肝心なときに頭が働かない。

しばらく考えていたのだが、どうしてもうまい言葉が見つからなくて、東原は仕方なく諦めた。

この先も東原と縁がある限り、貴史の心は安寧とすることがないかもしれない。それでもいいかと聞きたい気もしたが、たとえ嫌だから別れると言われたところで、わがままな東原があっさり引き下がれるはずもない。少々の無茶をしてでも、どうにかして自分の傍に引き留めようとするに決まっている。だとすれば、貴史に聞いても無意味だ。——それになにより、自惚《うぬぼ》れを承知で言えば、貴史の返事が東原の望むものであることを実は確信している。

「明日は事務所か？」

「そうです」

「白石にまで心配かけずにすんでよかったな」

「本当に」

貴史がふわりと笑う。

東原はもう一度貴史を抱き寄せると、笑顔が消えないうちに唇を塞いだ。元々あまりキスはしないほうだったが、貴史といると自然としたくなる。

これが東原には精一杯の愛情表現だった。

不器用で傲慢で横暴なろくでなしに惚れた自分が悪いのだと、貴史には諦めてもらうしかないだろう。

5

七月の『菖蒲会《あやめかい》』は香西の仕切りで、隅田川《すみだがわ》に繰り出した屋形船を貸し切る形で月末に催《もよお》された。

梅雨明けしていよいよこれから暑くなるといった時節に納涼を兼ねて開かれた夜の宴は、風流が好きな組長を至極喜ばせたようだった。今夜も大層機嫌がよく、ついさっきは芸者から借りた三味線で得意の長唄を進んで披露していた。

東原も組長にしたたか飲まされ、いくらうわばみでもさすがにちょっとここいらで勘弁してくださいと言って風に当たりに出てきたところで、偶然香西と鉢合わせした。

「これで花火でも上がれば言うことなしですがね」

「ああ。まったくだな」

船の上から隅田川周辺の夜景を眺めつつ、東原はやはり酒で赤らんだ顔をした香西と肩を並べ、川風を受けつつ話をする。

「しかし、今回はちょっと驚きましたよ」

「ふん。宗親さんのことか」

「まさかお電話いただくとは思ってもみませんでしたからな。屋形船で宴会するなら、自分も裏方としてでいいから参加させてくれって頼まれたときには、どうしたものかと深刻に悩みましたよ」

「親父さんも口じゃあ突っ張ってるが、宗親さんにはいろいろと引け目を感じているところがあるらしいからな。今さら宗親さんが組のことに顔突っ込んでくるのは、本当はトラブルのもとだから歓迎してねぇんだろうが、情には勝てなかったんだろ。親父さんがいいと言ったんなら、いいんじゃねぇか。少なくとも俺はなんとも思っちゃいねぇぜ」

「そうですか。若にそう言っていただけると儂《わし》も少しは気が楽になりますよ」

「成田あたりはここぞとばかりに宗親さんに取り入ろうとして、ずっと傍を離れねぇ。おかげで俺もこの間みたいにあれこれ突っかかってこられずにすんで大助かりだ」

「あぁ、そういえば若」

香西がにわかに声を潜める。ざっと見渡した限りでは、あたりに他に人影は見えない。しかし、どこにどんな輩《やから》の耳があるかしれないので、慎重になりすぎるということはなかった。

「三輪組はだんだん歌舞伎町から撤退していっているらしいですな」

香西の言葉には、そうさせているのが他ならぬ東原だと確信した響きがある。

東原は薄ら笑いを浮かべた。

「目障りで礼儀知らずの横着者《おうちゃくもの》をいつまでものさばらしておいちゃあ、今後なにかと面倒そうだったんでな。下っ端どもと小競り合うより、組長と直接交渉したら案外素直に引っ込んだぜ」

「ははぁ」

むろん、引っ込まざるを得なくさせる状況を作った上での『交渉』だ。

弁えた香西はそれ以上根掘り葉掘り聞いてこずに納得した顔つきをする。

「だから成田はああもあからさまに必死なわけですな」

「まぁ、俺の見たところ、成田に宗親さんは使えねぇな。あの男はそんなタマじゃない」

東原が空を睨み据えてそう言ったところに、カツンと下駄を鳴らす音がした。

振り向くと、着物姿の宗親だ。噂をすれば影である。

隣にいる香西も僅かに体を硬くするのがわかった。

飄々《ひょうひょう》とした態度で近づいてくる宗親を、東原は正面切って迎える体勢になる。

「いい風、いい月だね、若頭」

言葉を交わすのに無理のないところまで来たとき、宗親から話しかけてきた。およそ一月前に、人一人攫って脅しをかけてきたことなど、なかったかのようにしゃあしゃあとしている。

「ついでに坊ちゃんの機嫌もよろしいようで」

たいしたやつだぜ、と半ば呆れ半ば感嘆しつつ、東原は皮肉を込めて受け答えした。

宗親は、フンという感じで肩を竦めると、腕を組んで手を袖に入れた。

「相変わらず嫌な男だ」

「お気のせいじゃないですか」

内心それはこっちのセリフだと思いつつ東原は白々しく返す。

二人の視線が真っ向からぶつかった。

かち合ったところで火花が散ったような気がする。この感覚は前にもあった。まったく同じだ。

しばらく睨み合った末、宗親から視線を外す。

外すとき、ニヤッと愉しくてたまらなそうに笑った。

そのまま小気味よさげに、軽やかな足取りで東原のすぐ横を通り抜けて先に行く。

「今度は何をして遊ぼうか、若頭？」

擦れ違いざま、そんな憎らしいセリフを吐いていく。

東原はぐっと膝のあたりで拳を握りしめ、この野郎と内心毒づいた。

「また連絡するよ」

東原が答えなくてもかまわずさらにそう続ける。

「なんのお話ですかな、坊ちゃん」

すぐ傍らに立っていた香西が不審そうな声で宗親に尋ねる。東原は背中でそれを聞いた。宗親は香西の質問をあっさり無視し、代わりに別のことを持ち出す。

「叔父さんのところにいる佳人、なかなか筋がいいって仁賀保の若先生が褒めてたぜ」

「はっ？　あ、あぁ……いや、参ったな。よくご存じで」

「たまたま聞いただけさ」

宗親の声は徐々に遠離っていく。

この食わせ者め。

東原は思い出すとはらわたが煮えくり返る心地になった。

座敷になった船室の宴会場からは、先ほどからひっきりなしに男たちの笑い声や陽気な話し声、調子っ外れの歌などが洩れ聞こえてきて賑《にぎ》やかだ。

あの中にいるはずの成田や他のどの敵対する男より東原を緊張させ、身構えさせるのは、今のところあくまでカヤの外にいると目されて誰も注意を払わない宗親だ。

――今度は何をして遊ぼうか。

宗親の言葉が脳裡に繰り返し浮かぶ。

やれるものならやってみろ。いつでも受けて立ってやる。そして、次こそはこの間の分も合わせてオトシマエをつけさせてもらう。

東原はあらためてそう決意し、闘志を燃やした。

ようやく見つけた生涯愛せそうな人間を守るためなら、東原はどんなことでもする。

「おお、やっと雲が切れた」

香西の呟きが東原を我に返らせる。

「風が払ってくれたようですな。綺麗だ」

つられて空を見上げた東原の目に入ってきたのは、それまでずっと薄雲に覆われ、朧《おぼろ》げにしか見えていなかった、美しい満月だった。

二度めの陥落

白石弘毅《しらいしこうき》弁護士事務所の入ったビルを出て、一方通行の道を三十メートルほど歩いたところだった。

いきなり後方からすうっと滑るように徐行してきた車が、風で翻《ひるがえ》った貴史《たかふみ》のスーツの裾を掠めんばかりにして、通り過ぎていこうとした。

貴史は一瞬心臓が縮むほど驚いて肝を冷やしたが、そのまま行ってしまうかと思った黒塗りのクラウンが貴史の横で停車して、あたかも挟み込むように助手席と後部座席のドアがいきなり同時に開いたときには、さらに動揺した。

前にも後ろにも逃げられない。

咄嗟《とっさ》にどうすればいいのか考えつけず、頭の中が真っ白になり、その場に立ち竦む。

「執行《しぎょう》さんですね」

後部座席から男が一人降りてきた。

細いストライプの入った黒地のスーツに身を包んだ、中肉中背の姿勢のいい男だ。言葉遣いは礼儀正しい。だが、濃いめのサングラスをかけていても眼光は刺すように鋭く、左目の下に斜めに走る切り傷が、いかにもその筋の人間らしい印象を加味《かみ》していた。

あの男の使いだ……。

貴史はすぐに察しがついた。背筋を冷たいものが駆け下りる。そのくせ、体の奥深くはじわりと熱を持ち、激しく疼《うず》く。

「東原《ひがしはら》さんが僕に何かご用でしょうか？」

ごくりと唾を飲み込みながら、気持ちを落ち着けて冷静を装い、静かに尋《たず》ねる。

男はつっ、と片方の眉だけ動かし、満足げに目を眇《すが》めた。

「お察しがよくて助かります」

ほうっと貴史は大きく一つ溜息をつき、「で？」と相手にいささか挑戦的な眼差《まなざ》しを向け、自分から言う。

「乗るんですか？」

「ええ、お願いします」

どうぞ、と東原の部下がいったん後部座席のドアを戻し、貴史を後ろに下がらせてから再び開く。

隙をついて逃げようとすれば、もしかすると万に一つ程度の可能性はあったかもしれない。しかし、貴史はそうしようとはまるで考えなかった。

初めて東原に会い、力量を試された上、幸か不幸か東原の眼鏡に適《かな》い、理不尽な理由をつけられて体まで奪われた日からまだ一週間。

よもやこんなふうにして、また東原から接触してくるとは思いがけなかった。

貴史が東原の残したメモを——携帯電話の番号が書かれたメモを手にしたことは、すでに東原は知っているはずだ。あの後必ず誰かが確かめ、もしも置き去りにされていたなら回収して始末するよう命じられていたに違いないからである。

あのメモを、貴史は見て覚えて燃やしてきた。

たぶん東原はしてやったりとほくそ笑んだことだろう。

あの男の目はごまかせない。人の心の動きを恐ろしいほど正確に読んでくる。自分がどう言えば相手はどう答えるか、どう動けばどう反応するか、全部計算して思いどおりになるよう引っ張っていくのだ。たった一度会っただけだが、貴史は骨の髄まで東原の恐ろしさ、そして抗《あらが》いようもない魅力を知らされていた。

貴史に続いて男も乗ってきた。

バタン、バタンとドアがまた同時に閉まる。さっきは腕しかろくに見なかったが、助手席にいるのはスキンヘッドの黒人の男だ。見るからに頑丈そうな、格闘技系の選手のように立派な体格をしている。背中を見せて黙って座っているだけでも威圧された。

どうせ聞いても仕方ないと思い、貴史は行き先を問わなかった。どこであれ、待っているのは東原だということは確かなのだ。

もう一度会うのか、あの男と。

考えただけで貴史の心臓は痛いほど動悸を激しくし始めた。

息苦しさのあまり目を閉じる。

そのまま目的地に着くまで貴史はじっとして、心を落ち着かせていた。

小一時間ほど走っただろうか。クラウンが停車し、横にいた男がドアを開けて先に降りたとき、貴史はようやく瞼を開き、外に出て周囲を見回した。

車に乗せられたときには薄暮《はくぼ》だったが、今や完全に暗くなっている。

目の前にあるのは、コンクリート造りの二階建ての家だった。小高い丘の上に位置している。眼下には、なかなか綺麗《きれい》な夜景が広がっていた。そのさらに向こうは海らしい。真っ暗な中に、滑るように動く光があって、船だとわかる。どうやらここは、誰かの別荘のようだ。

お金のかかった豪奢《ごうしゃ》な室内に上がっても、しんと静まりかえっていて他に人のいる気配はしない。

「こちらでしばらくお待ち願えますか」

部下の男が貴史を案内したのは広々としたリビングだ。

貴史は手持ちぶさたのまま一人にされ、大きな窓に近づいて、さっきも見た夜景をガラス越しに漫然《まんぜん》と眺めていた。

夜景の中に貴史自身の顔も映し出されて見える。

人の気配や足音より先に、貴史はその自分の顔の斜め上にいきなり現れた顔を見て、東原に気がついた。

ギョッとして、目を瞠《みは》る。

こんなに傍に来られるまでまったく察知しなかったとは不覚だ。

慌てて振り返りかけたが、すでに背後に立っていた東原に背中から抱き竦められ、身動きできなくされていた。

「ひ、東原さん……っ」

挨拶《あいさつ》もなしにいきなりだったため不意を衝《つ》かれて狼狽《うろた》えた声が出る。

東原は何も言わず、貴史の顎に手をかけて無造作に仰け反らせると、貪るように唇を塞いできた。

「ううっ……や、めて……」

首を振って逃れようとしても、強い力で摑まれていて、唇をずらすのが精一杯だ。

執拗《しつよう》に追いかけられ、嚙みつくようにキスされる。逆らうことは許さないとばかりに強引で容赦がない。

無理やり口を開かされ、舌が捻り込まれてくる。

この自信家の男は、貴史に嚙まれることなどまるで考えていないようだ。悔しさのあまり目を開けて、視点が定まらないほど間近にある東原をきつく睨んでも、東原は嚙むなら嚙んでみろ、とばかりの傲慢《ごうまん》さで深いキスを続けるだけだ。

貴史にとって最高に屈辱的だったのは、自分が本気で東原を拒絶していないことを思い知らされたときだ。

キスだけで感じて、体の芯から寒気にも似た官能的な痺れが湧き起こる。

その激しく衝撃的な感覚に、貴史は思わず艶めいた喘ぎを洩らしていた。

ふふん、と東原が小気味よさげにほくそ笑む。

足の間に手を伸ばされて、抵抗する間もなく握り込まれた。

「ああっ……あっ！」

「もう硬くしてるじゃねぇか」

「いやだ、やめて……あ、あっ」

服の上から無遠慮に揉みしだかれる。

「やめてください。いやだ、……こんなのは、僕は嫌だ」

「なら、どうしてほしいんだ」

せめてベッドで、というのが本心だったが、そんなふうに素直にはとても言えない。

「離してください……」

代わりに弱い声でそう訴えた途端《とたん》、東原は「ははは」と愉快そうに貴史を嘲笑《ちょうしょう》した。

嘘つきめ。

そう言われているようだ。

貴史はカッと赤くなって濡れた唇を噛みしめる。

「こうなるとわかってて、ここまでおとなしくついて来たんじゃなかったのか」

確かに東原の言うとおりだ。

会えばこんな展開になるだろうと、ほとんど確信していた。

それでも貴史はいいと思ったからこそ、抵抗らしい抵抗もせず、連れられてきたのだ。言い訳はできない。

「……好きに、すればいい」

どうせ望んでいるのは貴史自身もなのだ。

「いい覚悟だ」

来い、と乱暴に腕を引っ張られ、貴史はよろめくようにして歩きだした。

リビングを出て廊下を歩き、階段を上る。

途中誰の姿も見かけなかった。

二階で連れ込まれたのは、大きなベッドが二台並べられた寝室だった。

突き飛ばすようにして片方のベッドに押し倒される。

すぐに東原が貴史の上にのし掛かってきた。

ああ、今度もまた落ちる……。

貴史は諦観《ていかん》と期待とどこか倒錯《とうさく》的な快感にぶるりと身震いし、東原にされるまま体を開いていった。

因果なやつらの昼下がり

貴史《たかふみ》が中野《なかの》にある仁賀保《にかほ》邸を訪れたのは、別邸での一件が解決して十日後のことだった。

あらかじめ訪問する旨は織《しき》に伝えてあったのだが、貴史は長居をすることなく玄関先で用事をすませ、すぐ失礼しようと思っていた。織は宗親《むねちか》と繋がっている。そして、その宗親と東原《ひがしはら》の間には深い確執がある。それを考えると、貴史も織と必要以上のかかわりを持つわけにはいかない。

しかし、玄関先まで自ら貴史を出迎えにきた織は、

「お茶とは申しませんので、せめてコーヒーの一杯だけでも」

と熱心に勧めてくれ、結局貴史は無下《むげ》にできなかった。

二十畳ほどの広さがある応接室に通される。

絨毯《じゅうたん》が敷かれ、和風の趣《おもむき》のある応接セットが据えられた部屋で、窓の外には見事な造形の日本庭園が広がっていた。

言葉どおり、織はしばらくして輪島塗《わじまぬり》の小判盆《こばんぼん》に有田焼《ありたやき》のコーヒー碗を載せて応接室に入ってきた。今日も透け感としゃり感のある涼しげな着物を着こなしている。山形の特産品である白鷹《しらたか》お召しのようだ。貴史自身に和装する習慣はないのだが、そういった知識だけは持っている。別

邸にいたとき、織に着付けしてもらって着物を身に着けてから、織物に対する関心が以前よりさらに深まった。

コーヒーをありがたくいただき、織が向かいの椅子に腰を落ち着けたのを見計らって、貴史は持参した風呂敷包みを、頭を下げつつ丁重に差し出した。

「お借りしていたお着物です。お返しするのが遅くなりまして、どうも申し訳ありませんでした」

「そんな。本当にお気遣いは無用でしたのに」

織も恐縮した様子で深々とお辞儀《じぎ》をする。

「わざわざこのためにご足労いただきまして、かえってご迷惑をおかけしたようで心苦しいです」

「ちょうど今、事務所を辞めたばかりで、何年ぶりかのまとまったオフを過ごしているところなんです」

「そうだったのですか。あの、……もしや、お辞めになったのは、先日のことが原因ですか？」

「いいえ、違いますよ」

貴史は織の心配げな顔を見て、きっぱり首を振る。

織に直接罪のあることではなかったし、ある意味織も被害者のようなものだった。だが、宗親を憎からず思っている織は、自らが引き起こしたこと同然に気に病み、罪悪感を抱いていたらしい。

貴史も決して人のことは言えないのだが、織を見ていると、つくづく苦労の多い、一筋縄ではいかない恋をしているなと思わずにいられない。もしかすると、織も貴史に対して同じように感じているのかもしれない。

庭のことや天候のことなど、当たり障《さわ》りのない会話をしばらく交わし、コーヒーを飲み終えたところで、貴史は暇乞《いとまご》いをした。

「もう、こんな機会はないかもしれませんが、もし差し支えなければまたぜひお立ち寄りくださいませ」

前庭を通って門の手前まで見送ってくれた織に、貴史は「ありがとうございます」とお辞儀をして、別れた。

おそらく今後、自分から進んでこの家に足を踏み入れることはないだろうと少し寂しく感じながら、高い塀で囲まれた仁賀保邸の脇を歩いていく。

外は蒸していて気温が高かった。

日射しがきつく、アスファルトに映る影は濃い。先ほどまで冷房の効いた室内で寛がせてもらってさらりと乾いていた肌が、たちまち汗ばんでくる。

緩い坂になった道を下り切り、T字路を右折したところで、ポケットの中の携帯電話が鳴り始めた。

東原からだ。

一瞬、ヒヤリとした。タイミングがタイミングなだけに、まるですぐ近くで自分の行動を見られていたような心地がする。織に着物を返しに来たことは、東原には告げていない。言えば、そんな必要はないと断じ、よけいなことはするなと怒鳴りつけられるのがオチだという気がしたのだ。

「もしもし？」

努めて平静を保ち、落ち着いた声で電話に出る。

『そのまま歩き続けて、五十メートルばかり先に停まっている紺色のＢＭＷの後ろに乗れ』

「えっ？　あのっ……」

東原は相変わらず強引だ。名乗りもせずに言うべきことだけ言い、あっというまに電話を切った。

貴史は唖然《あぜん》として手に持った物言わぬ携帯電話を見下ろし、次に、住宅街を通る比較的幅のある道の先に点々と路上駐車された車に目をやった。

紺色の車も確かに停まっている。

まさか、という気分だ。

いったいいつから東原の手の者に見張られていたのか、まるで気づかなかった。自宅マンションを出た時点で、風呂敷包みなどという日頃は持たない荷物を抱えていたことから、行く先をあっけなく看破《かんぱ》され、帰り道で待ち伏せされていたらしい。

やはり東原は侮《あなど》れない男だ。貴史はキュッと唇を噛んだ。

俺に知られず勝手ができると思ったのか——そう言って皮肉げに唇を歪ませる東原の顔が頭に浮かぶ。

貴史は腹を据え、東原が指示したとおり、濃いスモークガラスで車内がまるっきり見えない紺色のＢＭＷの後部ドアを迷わず開き、身を滑り込ませた。

乗った途端《とたん》、エンジンがかけっぱなしになっていたＢＭＷは動きだす。

「よう、ずいぶん織と話が弾んだようだな？」

「東原さん……！」

運転席でステアリングを握っている男とミラー越しに目が合い、貴史はぎょっとした。

後部座席にも助手席にも他に誰も乗っていなかったので、てっきりいつぞやと同じで、これは東原が差し向けた迎えの車だと思っていた。よもや東原自身が運転していたとは考えもしない。

「どういう風の吹き回しですか」

貴史はなんとか動揺を隠すと、東原の揶揄《やゆ》を無視して聞いた。

ふん、と東原が小気味よさげに鼻を鳴らす。

「俺に黙って勝手しときながら、ずいぶん強気で威勢がいいな、貴史？」

どうやら東原の機嫌は意外と悪くなさそうだ。こうなるだろうと予測していたことがまさしくそのとおりになって、忌々《いまいま》しい反面してやったりといった気分なのが伝わってくる。

東原はスピードを出しながらも安定した達者な運転で瞬くうちに幹線道路に出た。そのまま新《しん》宿《じゅく》方面へと向かう。

「借りていたものを、お礼かたがた返しに行っただけです。それにあなたの許可が必要だとは思わなかったものですから」

「どうせ言えば反対されると踏んで、あえて黙っていたんだろうが」

「そこまでわかっていらっしゃるのでしたら、最初から僕に聞かなくてもよさそうなものですけど」

「減らず口ばかり叩きやがって」

東原はミラーの中で貴史を鋭く睨《にら》みつけてきながらも、口調はますます愉快そうになっていた。

「覚えていろよ。あとで必ず参ったと言わせてやる」

「僕をどこに連れていくつもりですか？」

どこであろうと逆らえないのは明らかだが、先ほどの東原の言葉に淫靡《いんび》な雰囲気が交じっているのを感じ取り、昼日中だというのにエロティックな想像を搔《か》き立てられ、そのとおりかどうか知りたくなったのだ。

認めるには勇気がいるが、期待、しているのかもしれない。

「おまえが今、頭の中で思ったとおりだ」

東原は底意地悪くはぐらかす。

「僕が、何を思ったと？」

貴史も負けずに言い返した。
「いいのか、ここで俺の口から赤裸々《せきらら》なことを言っても?」
東原の声音がぐっと低く、強烈な男の色香を纏ったものになる。
貴史はぞくっと肌を粟立《あわだ》たせ、小さく喉を鳴らした。
「いえ。やっぱり結構です」
聞けばきっと平静でいられなくなる。
東原がフッと勝ち誇ったような目をする。
貴史は諦めて、深々とシートに身を預けた。
どうせ東原と真っ向から競ったところで、負けるのはわかっている。
こんな男に惚れた時点で、明白なことだった。
それから十分後、東原はＢＭＷを馴染《なじ》みのホテルの駐車場に乗り入れていた。

First impression

最近贔屓《ひいき》にしている男を一人、一緒にラウンドするメンバーに入れてもいいか——付き合いのある政治家に聞かれ、東原辰雄《ひがしはらたつお》はさして気乗りせぬまま承知していた。確たる理由もなくだめだと断る筋合いはない。もう一人のメンバーはすでに了解していると言われれば、なおさらだ。

四月半ば、春らしい暖かな風が穏やかに吹く、絶好のゴルフ日和《びより》のことだ。場所は政治家御用《ごよう》達《たし》のプライバシーは絶対厳守の名門ゴルフクラブだった。

そこで東原は、政界の大物とされている脂《あぶら》の乗り切った政治家が連れてきた男と、初めて顔を合わせた。

男の名は黒澤遥《くろさわはるか》。

名刺には、黒澤運送株式会社代表取締役、という肩書きが入れてあったが、聞くところによれば他にもまだ二つほど業種の異なる会社を経営しているらしい。名前の持つイメージや、はっとするほど整った容貌から想像するのとは違う、大胆で野心のある一本太い芯の通った男のようだ。

ぞくぞくするぜ、と東原は内心舌舐めずりしていた。

久々に、良質の獲物に出会《でくわ》したとき感じる、あの全身がざわっと粟立《あわだ》つ感触を覚えた。

男は、遥は、ゴルフの腕も申し分なかった。

「最近あまり練習に行ってないもので」

そう言う言葉に、よくあるような見え透いた謙遜は感じられない。にもかかわらず、実際にドライバーを振れば文句のつけようもないフォームで、四人のうちの誰より飛距離を出す。キャディに頼ることなくコースを読み、的確なアイアンを選ぶ。そして、ロングパットも落ち着いて決める技量と精神力、勝負師の一面を持ち合わせている。

面白い。興味深い。

アウトから入って小一時間の休息を挟み、インに出る頃には、東原はすっかりこの初対面の、知り合って何時間かにしかならない遥に、魅《み》せられていた。

遥といると柄《がら》にもなく気持ちが浮つく。もっともっと知りたくなる。

東原自身、普段は何百という仲間内から、憧憬《どうけい》の目で見られている存在だ。老いも若きも関係なしに男惚れされている自覚がある。昔ほど仁義が云々《うんぬん》されなくなった昨今の極道世界においても、東原の強烈な個性、人を惹きつける力には、たいていの人間が一目置く。東日本最大の広域指定暴力団である川口組若頭であり、組長がおおいに信頼し可愛がっている男として、東原は警視庁の四課はもちろん、様々なところで注目を浴びていた。

そんな東原が、めったになく自分から心を動かされたのだ。

ただ者ではないと予感した。

「あの黒澤遥って男、まだまだ実業家として大きくなりそうだな」

ラウンド終了後、軽く酒を飲んで解散したあと、東原は遥を連れてきた政治家と一緒の車に乗り、確信的に言った。

「やはり食指《しょくし》が動いたか」

そうだろうと予想していたとばかりに老獪《ろうかい》な政治家がほくそ笑む。かつては国土交通大臣まで務めたことのある重鎮《じゅうちん》の一人だ。さすがに目が鋭い。

「なかなか先見の明《めい》のある、頭の切れる男だぞ。欲しいか、東原？」

「欲しいのは欲しいが……こっちの世界に引き込んで、というつもりはないな」

「ほほう、そういうものか。儂《わし》はてっきりあいつを企業舎弟にして格好の資金源として活用したい腹かと思ったぞ。あの男は株式市場にも明るい。いざとなれば乗っ取りでもなんでもしてのけるだけの器量と容赦のなさを持ち合わせておる。おまえには願ってもない懐刀《ふところがたな》になるんじゃないか？」

「確かにそのとおりかもしれん。だが、今日一日あいつを見て、俺とは生きる世界は別のほうがよさそうだと感じた。俺の勘がまんざらでもないことは知っているだろう？」

東原の言いぐさに、大物政治家は「ふん」と小気味よさげに鼻を鳴らす。

「勝手にそっちでいいように付き合え。儂はこの前の選挙のとき、おまえに世話になった礼をちょっと返しときたかっただけだ」

「ははは、あんたも案外義理堅いんだな」

東原は一回りは年上の政治家を相手に、遠慮会釈《えしゃく》のない言葉遣いと態度で接する。遥はそれを、プレイの合間に、切れ長の怜悧《れいり》な瞳を眇《すが》めてときどき見ていた。向こうも少なからず東原を気にしていたということだろう。

いわゆる『や』のつく自由業の幹部と、腹に一物も二物も持つ大物政治家、あとの一人も、東原のような連中に顧問扱いされるような、曲者《くせもの》色の濃い遣《や》り手《て》弁護士といったあんばいだ。そういうメンツに囲まれて、ああも堂々と振る舞えるのは並大抵の度胸ではない。

風呂で見たしなやかで張りのある美しい肉体にも惚れ惚れした。鍛《きた》え抜いた、隙のない体つきは東原の最も好むものだ。目つきの鋭いちょっと酷薄《こくはく》そうな美貌ももちろん悪くない。

「なんならもう一度誘ってやろうか」

あたかも東原の腹を読んだかのように、政治家が意味ありげなまなざしを向けてきて揶揄《やゆ》混じりに言う。

「今度は料亭で酒を飲ませてみろ。プライドの高そうなあの男をおまえが堕《お》としてみせるなら、儂もぜひ鑑賞に与《あずか》らせてもらおう」

「いや。あれはそういう対象としてどうこうしたい相手じゃねぇな」

東原の返事に、政治家はしらけたようだ。

お抱え運転手に横柄《おうへい》な態度で道の指図をすると、不機嫌そうに黙り込み、車窓に顔を向ける。

それから間もなく、あらかじめ東原がここまで乗せていってくれと頼んでいた目的地に着くまで、特に話らしい話は交わさなかった。東原は機嫌を損ねた政治家など意識の外に追いやって、やはりお抱え運転手付きのベンツで帰っていった遥のことにばかり思いを馳《は》せていたのだ。

「それじゃあここで。また近々何かやりましょうや」

東原が挨拶《あいさつ》して車を降りると、さすがに大人げなかったと反省したのか、大物政治家も「おう」と短いながらに返してくれた。

政治家とのパイプもまだまだ捨て去るつもりはないが、東原は彼を楽しませるために遥をどうこうする気などさらさらなかった。

抱くなら、本気で抱く。余興のダシにするなどもっての外《ほか》だ。誰に命令されても東原は頷かないし、他の誰かが代わりにやろうとすれば、徹底して邪魔立てするだろう。

その夜のうち、東原は腹心の部下に、遥の身辺を過去に至るまで徹底的に洗うよう命じた。

遥を余すところなく知り尽くしたいという尋常でない情動が、東原を突き動かしていた。おそらく過去にそれなりに辛酸《しんさん》を嘗《な》めてきているのではないか。そんな気がした。

案の定、一週間後に上がってきた報告書には、幼い頃から結構な紆余《うよ》曲折《きょくせつ》を経てきた男の歩みが記されていた。

東原が唐突に黒澤運送を訪ねたのは、報告書を読んだまさに次の日だ。

「ああ。先日はどうも」

驚いて少しは狼狽《うろた》えるかと思いきや、遥はまるで予期していたかのごとく落ち着き払った態度で東原を事務所二階の社長室に通した。

遥にお茶を頼まれた事務の女性が「応接室ですか?」と確かめるのに、遥は「いや。社長室だ」と答えていた。

考えようによっては、この時点で既に遥は東原に気を許しており、自分のテリトリーに受け入れてくれたのだとも取れる。些細なことだったが、東原は敏感に察した。

「まったくおまえさんは」

遥と向き合うや、東原は兜《かぶと》を脱ぐ心境で、にやりと苦笑せざるを得なかった。

「たいした男だぜ。下手すりゃ俺より肝が据わってやがるかもしれねぇな」

「俺が、ですか」

遥は腑《ふ》に落ちなそうに、描いたように形のいい眉を寄せ、複雑な表情をする。そういうちょっと憂いの滲《にじ》んだ顔が、また非常に東原の劣情をそそった。たぶん、もし遥が許すなら、東原は遠慮なくこのしなやかで綺麗《きれい》な獣を喰《く》らうだろう。

また、背筋にぞくりと快感に似た痺れが走る。

どうやら遥に本格的に惚れたらしい。恋愛感情での惚れたとは少し違う。肉の欲に支配されがちなその感情を超えた、さらに先にある惚れ方だと言えばわかりやすいだろうか。

半信半疑な様子で東原をじっと見つめる遥の視線を、東原も真っ向から受け止め、見返した。

突き刺さるような鋭い眼光、と極道の間でも恐れられている東原の目を、気負わず怖じけず淡々と見続けられる男はそうそういない。

東原はあらためて、遥と会わせてくれた大物政治家に感謝したい気持ちになった。

「今夜、一杯付き合え、遥」

いきなりぞんざいな口調で名前を呼び捨てにされた遥は、一瞬虚《きょ》を衝《つ》かれたようだ。しかし、すぐに気を取り直し、ふっと口元に笑みを刷《は》かせた。

「光栄です」

たじろぎもせずに東原からの誘いを受ける。

アポイントも取らずにふらりとやってきた、会うのも二度目の、一般人とは言い難《がた》い男からの誘いを、遥は快諾するのだ。

東原はこれ以上ないほど小気味よい気分になった。

「八時頃ここに来い」

大判のメモ紙を遥に一枚持ってこさせ、東原はポケットに挿《さ》していたペンで大雑把《おおざっぱ》に地図を描く。

「新宿《しんじゅく》ですか」

「そうだ。門扉《もんぴ》があって前庭があってと、一見すると普通の洒落《しゃれ》た洋風住宅のような佇まいをしている。看板は出ていない。ちょっとわかりにくいが、オーナーが完全に趣味でやってる、雰囲気のいいバーだ」

「なるほど、面白そうですね」

「完全会員制だが、万一俺がおまえより遅くなっても、店の者にわかるようにしておく」

「楽しみにしています」

遥は単なる挨拶としてではなく、本気で思っているのが伝わってくる表情で言った。

楽しみなのは東原のほうこそだ。

＊

夜、七時四十分――。

いくらなんでも少し早すぎたかと、柄にもなく浮き足だった己を自嘲《じちょう》しつつ、東原は『MISTY BLUE』の扉を開けた。

「いらっしゃいませ、東原様」

下手をすれば手狭な店の総敷地面積ほどもある広々としたエントランスホールに、黒服を着こなした細身のマネージャーが出迎えにくる。

遥には、普通の洋風住宅、などとこの店を表現したが、どちらかといえば洋館という印象に近いかもしれない。

「連れはまだだよな？」

念のために聞くと、まだ二十五、六の綺麗なマネージャーは、「はい」と幾分申し訳なさそうに答えた。八時頃と言っておいたのですでに来ていると言われたほうが驚くところだ。誘われた手前、早く来すぎるのも失礼だと、あの男なら気を回すに違いないと踏んでいた。

大理石敷きのホールを横切って店内へ案内される。

相変わらずほとんど客の入っていない、静かでムーディーな店だ。店内にいる先客は一人だけ。カウンターに座ってマティーニを手元に置いている。

若いのに熟年のような渋い魅力のある寡黙《かもく》なバーテンダーは、奥にボトルでも取りに行っているのか、姿が見えない。

「いつものお席でよろしいですか?」

「ああ」

東原の定位置はフロアの隅のテーブル席だ。

L字型に配されたソファの真ん中にドサリと腰を落とす。

遥が来たのは、それから十分後のことだった。

茶室談議 ―その後の織と佳人―

風流を好む香西誠美《こうざいまさみ》は茶の湯を嗜《たしな》んでおり、かねてから佳人《よしと》にも「おまえも習ってみる気はないか」と勧めてくれていた。

少なからず興味はあったが、実際に習わせるかどうか決めるのは香西だ。香西にこうした類《たぐい》のことを聞かれたとき、佳人はいつも「はい」以上の返事をしない。期待しすぎては、香西の気が変わったときの落胆が強まる。また、どの程度まで香西に甘えていいのか、加減がわからないこともある。

これまでにも佳人は香西から様々な恩恵を受けてきた。借金のカタに愛人として囲われる身でありながら、香西の計らいで高校、大学、果ては院の修士課程でも学ぶことができたし、衣食住すべてにおいて贅沢《ぜいたく》をさせてもらっている。その上、趣味の習い事まで世話になっては申し訳ないという気持ちがある。一部の組員たちのやっかみもひどくなるだろう。

話半分に心に留めておいたところ、六月最後の日曜日、今日はちょっと遠出をするからおまえもついて来い、と香西に連れ出された。

「おまえを仁賀保《にかほ》の若先生に紹介しておこうと思ってな」

西に向かって走る車の中で言われ、佳人は茶道を習わせる話が具体的になったのだと知り、恐縮しながらも嬉しかった。なんであれ学ぶことは昔から好きだ。院を卒業して以来家に引き籠《こ》もりがちで、少々手持ちぶさたな日々を送っているため、新たな習い事を始められるのは願ってもないことだ。

「儂《わし》は家元から直々に教えていただいているが、おまえには歳の近い若先生のほうが気易くていいだろう。本家の組長もときどき家元のところにおみえになるから、ばったり顔を合わせることになっても気まずい。若先生はいつもは中野《なかの》の本邸で生徒さんをみておいでなんだが、今週末は府中《ふちゅう》の別邸に行かれているそうだ。ちょうど別件で日野《ひの》に行く用があったから、ついでに寄って挨拶《あいさつ》しておこう」

とりあえず顔合わせを、と香西は考えたようだ。わざわざ伺《うかが》いを立てて訪ねるとかえって先方に気を遣わせることになりかねないため、不在だったり都合が悪いようならば日を改めればいい、と気易く言う。そのほうが佳人も緊張せずにすむのでありがたかった。

日野市で香西が用事をすませるのを車中で待ち、その後、仁賀保家の別邸がある東府中《ひがしふちゅう》まで足を伸ばす。

別邸は集落から離れた場所にあり、周囲を林に囲まれ、背後に山が迫るという静かで自然豊かな環境の中、純和風建築の風雅な佇まいを見せていた。

立派な造りの数寄屋門《すきやもん》を潜《くぐ》って広い前庭を進み、玄関で呼び鈴を鳴らすと、しばらくして家政婦らしき中年の女性が応対に出てきた。

仁賀保の若先生、と香西が呼ぶ織《しき》は在宅だったが、先客があるらしく、伺いを立ててくるのでといったん玄関脇の小部屋に通された。この四畳半程度の和室はいわゆる控えの間らしかった。

一方に大きく腰高の窓を取った明るく風通しのいい部屋で、じゅらく壁に掛けられた信楽焼《しがらきやき》の花器が味わい深い。つい見入っていると、香西が車に忘れ物をしたようだと言いだした。

「懐紙《かいし》入れ、ですか。わかると思いますので取ってきましょうか」

「ああ、そうしてくれるか」

香西に頼まれた佳人は、控えの間の襖《ふすま》に手をかけ、静かに滑らせて開けた。

「たぶんシートの下に落ちたんだろう。悪いな、佳人」

佳人の背中に香西の声がかかる。

「はい、見てみます」

首を回して香西に返事をし、後ろ手に襖を閉めて正面を向いたとき、奥の方から出てきた男と目が合った。これから帰るところらしい。先客というのは彼のことだったのかと思うと同時に、自分たちがいきなり訪れたせいで早めに切り上げさせてしまったのなら悪いことをした気持ちになって、佳人は少し深めに会釈《えしゃく》した。

役者のように整った瓜実顔《うりざねがお》の男は、鋭い目つきで佳人を一瞥《いちべつ》すると、すぐに興味を失ったかのごとく視線を逸《そ》らした。独特の雰囲気を持っていて、一度見たら忘れられない類の男だ。まだ三十半ばか、それよりもう少し下くらいのようだが、何者だろう、と思わせる強烈な存在感がある。カタギというにはどこか危険な匂いがして近寄り難いが、ヤクザとはまた違う気がする。お茶を習いに来た生徒には、あまり見えなかった。

男は下駄箱から勝手を知った様子で自分の靴を取り、さっさと行ってしまった。佳人が表に出たときには、すでに男の姿は見えなくなっていた。

懐紙入れは香西の言ったとおり後部座席の下に落ちていた。

運転手とボディガードの抜かりのない注視を浴びながら、砂利を敷き詰めた駐車場を離れ、緩やかな石段を三つ上がって門の内側に戻る。

ちょうど再び家政婦が二人を案内しに来たところで、佳人はそのまま香西の後に続いて廊下を歩き、茶室を兼ねた客間に入った。

「ほう、こちらはこちらでまた素晴らしい」

香西もこの茶室は初めてなのか目を細くして感嘆している。

簡素な八畳間に雪見障子、装飾を省いた床の間に墨文字の美しい書の掛け軸といったあんばいで、つい今し方までここで茶事が行われていたであろうことが、うっすらと肌で感じられた。

「お待たせいたしました」

静かに声をかけて、和装姿の若い男が完璧な所作で襖を開けて入ってくる。

「おお、若先生。今日は突然押しかけてすみませんでしたな。一人入門させてやってほしい男がおりまして、挨拶がてら寄らせてもらいました」

「わざわざこちらにまでご足労いただきまして恐縮です」

織は丁重に畳に手をついてお辞儀をすると、佳人と顔を合わせ、ふわりと花の蕾《つぼみ》が開くかのごとく綺麗《きれい》に微笑みかけてきた。

思わず背筋が伸びるような清々しさと上品さに、佳人は気後れしそうになった。

ああ、美しく優しげな人だな、と思う。抜けるように白い肌、黒く艶めいた髪と瞳、赤みのある小さな唇と、いっそ現実味がないほど綺麗で、見ているうちに惚《ほう》けてしまいそうになる。気易く話しかけるのも躊躇《ためら》われる。

「……久保《くぼ》佳人と申します」

「はじめまして。仁賀保織です」

織は佳人の緊張を和らげるように、

「お抹茶はお好きですか？」

と聞いてきた。さりげない一言の中に、茶道の経験がない佳人への配慮が含まれているのを感じ、謙虚で気配りの行き届いた人柄が偲《しの》ばれる。

顔を合わせていくらも経《た》たないうちに佳人は織に好意を持ち、茶道を習うならぜひ織に習いたいと思った。

「はい、好きです」

「では、今ちょうど風炉《ふろ》に炭が入っていて湯が沸いておりますので、一服差し上げましょう」

「それはかたじけない。いつもすみませんな、若先生」

「どういたしまして」

香西を相手にするときも織の態度はまったく変わらず、落ち着き払ったままだ。いかにも繊細そうな見てくれに反して芯は相当しっかりしており、肝が据わっているのを感じる。

ふと、先ほど入れ違いに出ていった男の顔が脳裡《のうり》に浮かび、彼と織とはどういう関係なのだろうと想像を巡らせた。我ながらそんな詮索するようなまねははしたないと思ったが、あのどこか斜《しゃ》に構えた男が、目の前の織やこの茶人の別邸とどうにも相容《あいい》れない気がして、納得のいく答えを探そうとしてしまう。

織の所作は素人目《しろうとめ》にも洗練されていて、足取り、手つき、姿勢と、どれを取っても自然でブレがなく、幼い頃から家の芸を叩き込まれて育ってきた人らしい、息をするように芸事を身に着けている感じを受けた。それでも、まだまだ未熟者です、と面映《おもは》ゆそうに睫毛《まつげ》を伏せて言う織の言葉には、単純な謙遜ではない、己の技量を客観的に見ることができる質の高さが滲《にじ》んでいた。

ときどき香西が自宅の離れに建てた茶室で茶を点《た》てるとき、佳人も呼ばれて侍《はべ》ることがあるので、飲むほうの作法はだいたい心得ている。

織が点ててくれた抹茶には彼の繊細さと誠実さに加え、人への情や一期一会を大切にする丁寧な生き様が表れている気がして、佳人はもったいないような気持ちで飲み干した。

「若先生、佳人をお願いしてよろしいですかな」

茶碗や茶筅《ちゃせん》などを清めて元の位置に戻し、道具を順次運び出して片づけ終えた織に、香西はあらためて入門の許しを求める。

「ええ、もちろん喜んで」

「ありがとうございます。どうぞよろしくお願いいたします」

佳人は感謝して深々と頭を下げた。

「よかったら、水屋をご覧になりますか」

織の申し出に、佳人がどう返事をするべきか迷う間を作ると、香西が代わって返事をした。

「見せていただいてきなさい。若先生、儂はここで掛け軸を拝見させていただいていてもよろしいですかな」

「どうぞごゆっくり」

佳人は香西を茶室に残し、織と一緒に水屋に行った。

水屋とは、茶室に付随した場所で、点前《てまえ》や茶事のための準備や片づけをしたり、器物を納めるところのことである。大きさや、水皿《みざら》、棚、物入れなどの配置に決まりはないそうだ。

「狭苦しくてすみません」

薄暗く、確かに少々窮屈な感じではあったが、水皿という竹の簀《す》の子《こ》が被せられた流しは風流だったし、壁に腰板を張った二段の棚や天袋、その下の吊り棚には、茶器や茶碗、水指《みずさし》をはじめとする道具類が整然と並んでおり、身が引き締まるような心地のいい場所だった。

「先生はこちらでもときどきお教えになるんですか？」

「いえ、ここはめったに茶事では使いません。夏場は都心と比べて多少気温が低いので、家の者がときどき利用するくらいで……。この週末は私に来客がありまして、こちらに二泊していただくことになりました。佳人さんたちがおみえになる少し前にお帰りになったのですが」

「ちょうど入れ違いにお引き揚げになった方でしょうか」

「あ、いえ……その方とはまた別です」

なぜか織は突然落ち着きをなくし、僅《わず》かに頬を赤らめた。

「……ご存じないということは、香西さんはその方とお会いにならなかったのですね」

「とおっしゃいますと、組関係の方ですか」

仁賀保流には川口組《かわぐちぐみ》の組長が肩入れしており、相当額の資金援助がなされていると香西から聞いたことがあった。香西が茶の湯を始めたきっかけも、組長に「おまえもどうだ」と誘われたからしい。組長は若頭の東原辰雄《ひがしはらたつお》にも声をかけたようだが、東原は柄ではないから勘弁してくださいと断ったそうだ。東原はさておき、組長に大幹部の香西という重鎮《じゅうちん》がかかわっているからには、他にも誰か組関係者が出入りしていても不思議はない。

「正確には組とは無関係のお立場でいらっしゃるのですが、香西さんとはきっとお顔見知りかと存じます」

「たまたまわたしだけが廊下に出たときお見かけしましたので……」

「そうでしたか。あの方は……組長の息子さんです。公にはされていませんから、ごく一部にしか知られていないようですが」

なるほどと合点《がてん》がいった。あの彼の全身から醸《かも》し出されていた独特の雰囲気は、東日本最大級の川口組組長の息子という血のなせる業《わざ》だとすると、それはそれで納得する。

「彼も茶道を？」

もしそうなら、今後も稽古の際に顔を合わせることがあるかもしれないと思い、聞いてみる。

だが、織はいいえと静かに首を横に振った。

「お気が向かれたとき、一服所望されに来るだけです」

わざわざここまで……？　といささか腑《ふ》に落ちなかったが、織の頬にいっそう赤みが差し、瞳が覚束なげに彷徨《さまよ》う様を見て、突っ込んではいけない気がして聞かなかった。

「あの、本当に私がお教えするのでよろしいのでしょうか」

話を戻して織のほうから確かめられる。

「私ごときでは、まだまだ家元の足下にも及びません」

「先生に……織先生に、ご教授願いたいのです」

佳人は織の顔を見つめ、きっぱりとした口調で言い切った。

織も佳人の視線を真っ直ぐ受け止め、面映ゆそうに瞬きする。

「ぜひよろしくお願いします」

重ねて言った佳人に織は頷いた。

「わかりました。それでは、ご期待に添えるようがんばります。こちらこそ、どうぞよろしくお願いします」

教えを請うのは佳人の側であるにもかかわらず、織は謙虚に頭を下げる。

佳人はもったいなさに狼狽《うろた》えた。

「おいくつ……ですか、織先生」

他にもいろいろと聞きたいことはあったが、ぱっと浮かんだ質問がそれだった。

もしかすると自分より年下なのではないかと思っていたが、意外にも織のほうが佳人より二つも上だった。今年で二十八になるという。

「そうは見えないとたまに言われます。よほど頼りなく見えるのでしょうか」

織は屈託のない調子で冗談めかす。

「そういえば泊まりに来られていた方も私と同い年だとおっしゃっていたのですが、私より何もかもがしっかりしておいででした」

そこで織はふと思いついたような表情になり、佳人に微笑みかけた。

「お二人がもしお会いになっていたら、きっと気が合われたかもしれません」

なぜそう思うのですかと佳人が訊ねると、織は少し考えてから答えた。

「なぜでしょう。お二人を頭の中で並べてみたら、とてもしっくりとくる気がしたのですが」

不思議なことに織のその言葉は、すとんと佳人の胸に落ちてきた。

このとき織が繰り返し口にした泊まり客というのが、実は執行《しぎょう》貴史《たかふみ》のことだったと知ったのは、佳人が貴史と出会ってずいぶんしてからだった。

あとがき

情熱シリーズ、東原×貴史の過去編をお届けいたします。先に発売になりました「艶恋」から遡ること二年半前の事件を扱った内容となります。「艶恋」既読の皆様には過去に何があったのか確かめていただく形になるかと思いますが、未読の皆様には今回の主人公たちの関係はまだまだ焦れったく感じられるかもしれません。そのときは「艶恋」にも手を伸ばしてみてください。

出し直しに際しまして、恒例の書き下ろしショートは織と佳人の出会いを書きました。「さやかな絆 ―花信風―」に引き続き、受さん同士の会話です。そのほか、スペシャル特典としまして現在では入手困難なショート小説を二編再録していただいています。本編共々お楽しみいただけますと幸いです。

イラストは円陣闇丸先生に初出のとき描いていただいておりましたものを、本著でも使わせていただきました。再録をご快諾くださいましてありがとうございます。

本著の発行にご尽力くださいましたスタッフの皆様にも心よりお礼申し上げます。

次はまたシリーズの新作オール書き下ろしにてお目にかかれるかと思います。

よかったらご意見・ご感想等、ぜひお聞かせくださいませ。それではまた。

遠野春日拝

◆初出一覧◆

艶悪《いろのあく》　／「艶悪《いろのあく》」('06年7月株式会社ムービック)掲載

二度めの陥落　／「艶悪《いろのあく》」('06年7月株式会社ムービック)掲載

因果なやつらの昼下がり　／ドラマCD「艶悪《いろのあく》」ブックレット
('07年1月株式会社ムービック)掲載

First impression　／小冊子「㋳のつく自由業フェア・スペシャルブックレット」
('05年11月株式会社ムービック)掲載

茶室談議 －その後の織と佳人－／書き下ろし

ビーボーイノベルズをお買い上げ
いただきありがとうございます。
この本を読んでのご意見・ご感想
をお待ちしております。

〒162-0825 東京都新宿区神楽坂6-46
ローベル神楽坂ビル4階
リブレ出版㈱内 編集部

艶悪《いろのあく》

2013年4月20日 第1刷発行
2013年10月8日 第2刷発行

著者――遠野春日

発行者――太田歳子
発行所――リブレ出版株式会社
〒162-0825 東京都新宿区神楽坂6-46ローベル神楽坂ビル
営業 電話03(3235)7405 FAX03(3235)0342
編集 電話03(3235)0317
印刷所――株式会社光邦

Printed in Japan
ISBN 978-4-7997-1309-9